Nouvelles
&
Défis littéraires

Marcel Navarro

Nouvelles
Rencontres

&

Défis littéraires

Préface
de Marino

Dans la première partie de ce livre, ce n'est pas une mais plusieurs bonnes nouvelles que je vous invite à lire à votre rythme. L'ordre de lecture a peu d'importance, c'est un livre à feuilleter au gré de vos envies, de vos états d'âme.

Quand mon humeur est morose, je vais lire un texte de cet auteur. Le temps d'une lecture, on se surprend à sourire, à rire, à réfléchir sur les sentiments ou les questionnements suscités par ses écrits. Tout y est : humour, tolérance, tendresse et amour. Une pause dans le monde cruel dans lequel nous vivons.

Dans la deuxième partie, l'auteur nous offre un bouquet de senteurs et d'humour en nous invitant dans l'univers des fleurs. Laissez-vous guider par l'imagination d'un jardinier pas comme les autres. Vous ne verrez plus les fleurs tout à fait de la même façon après cet intermède...

Dans la dernière partie, on y retrouve les défis entre auteurs. Des propositions pour des écrits sur un sujet donné en respectant des contraintes d'écriture du style oulipien...

Chacun y apporte sa propre interprétation, son histoire. Autant de façons d'y répondre que d'auteurs qui osent relever le défi.

Marcel Navarro vous soumet quelques unes de ses réponses.

On tombe vite sous le charme de cette plume, sa "marque de fabrique". Ce même auteur vient de publier son premier ouvrage "Dis Papy" (une complicité entre un grand-père et sa famille). Un vrai régal, un autre livre qu'il fait bon avoir près de soi.

N'oubliez pas de garder ce recueil près de vous, car non seulement vous le lirez, mais vous le relirez avec un vrai plaisir comme je le fais moi-même.

Une dernière chose, merci à toi Marcel de m'avoir proposé d'écrire cette préface. Stressée au départ, sache que j'ai été flattée par cette demande. Merci pour ta confiance, continue et ne t'arrête pas en si bon chemin.

Que ton écriture continue à te porter et à nous faire rêver d'un monde meilleur !

Nouvelles
Rencontres

Nouvelles
Rencontres

Vous avez dit « Rencontre » ?

fortuite, imprévue, inattendue, inopinée, insolite, providentielle, agréable, fâcheuse, mauvaise,préméditée, souhaitée; brève, continuelle, fréquente, furtive, régulière, timide, concertée, discrète, improvisée, informelle, privée, secrète, cruciale, décisive, historique, curieuse, singulière, merveilleuse, dramatique, étrange, navrante...

Ou alors ?

Entrevue, entretien, discussion. rencontre au sommet, heurt, choc, intersection, croisement ou carrefour, escarmouche, embuscade, bataille, duel, circonstance, hasard, occasion, occurrence...

Qu'en penser ?

Craindre, redouter, chercher, arranger, demander, différer, faciliter, préparer, prévoir, proposer, programmer, accorder, fixer, convenir, disputer, dominer, arbitrer, annuler, éviter, empêcher, renoncer !

La valise

La porte vitrée de la brasserie où nous aimions nous retrouver vers midi pour un repas léger, venait de s'ouvrir sur une petite dame portant une valise qui semblait bien trop lourde pour elle. Je me précipitai pour l'aider.

> – Merci monsieur, vous êtes bien aimable ! C'est que j'y tiens à cette valise. C'est toute ma vie !

Elle prit place à côté de nous. Un sourire radieux. Son assiette semblait être un prétexte car elle ne mangea pratiquement rien. Elle nous dévorait des yeux. Quand son regard se baissait, un sourire de satisfaction illuminait son beau visage ridé. Quelques banalités échangées. Cette dame probablement très âgée s'était doucement rapprochée de nous au cours du repas, elle nous frôlait presque. Un vrai moment de tendresse.
Elle se leva pour prendre congé :

> – Je suis heureuse, vous êtes un couple charmant !

La réciproque était vraie car elle avait éclairé notre modeste repas. Notre pause prenait fin également mais au moment de partir le serveur nous rattrapa devant la porte :

> – Excusez-moi mais vous oubliez votre valise.

La discussion qui suivit, s'avéra inutile. Nous partîmes donc avec ce bagage bien encombrant.

Pendant plusieurs jours, nous l'avions toujours avec nous ou à portée de main pour pouvoir le remettre à sa charmante propriétaire. Nous pensions souvent à cette rencontre, à cette gentille personne, à son sourire, son regard pénétrant qui allait chercher au plus profond de nous. Elle ne partagea plus cette pause avec nous le midi mais nous ressentions sa présence. Combien de fois, nous sommes-nous retournés, la cherchant parmi les clients, persuadés qu'elle était là.

Le serveur nous apprit qu'elle venait souvent, qu'elle essayait de s'asseoir à la même place. Elle disparaissait juste avant notre arrivée ou quand elle apparaissait, c'était après notre départ, elle lui confiait alors sa déception. Elle disait régulièrement qu'elle n'était pas inquiète pour la valise, qu'elle pouvait la récupérer à tout moment si elle le désirait, qu'elle était entre de bonnes mains.

À la maison, sa place variait régulièrement. Les enfants en parlaient souvent. Agacés au début, ils l'avait finalement acceptée. Elle faisait partie des meubles désormais.

Lors d'une grande réunion de famille avec les sœurs, belles-sœurs, les frères et autres beaux-frères, l'histoire de la valise de cette gentille grand-mère anima une bonne partie du repas. Les questions fusaient, des hypothèses complètement folles étaient avancées. Que pouvait-il y avoir à l'intérieur? Des bijoux? De l'argent? Des documents compromettants? De la drogue peut-être? Nous n'avions aucune réponse à apporter sinon que nous nous déplacions plus avec ce bagage encombrant.

- Pourquoi vous ne l'ouvrez pas ?
- Pourquoi vous ne l'apportez pas à la police ?
- Si ça se trouve, vous prenez de sacrés risques !
- Pourquoi vous ne voulez pas nous dire ce qu'il y a dedans ? Vous le savez, c'est sûr !

Ce questionnement familial dura plusieurs semaines avant de s'estomper tout naturellement.

"C'est que j'y tiens à cette valise, c'est toute ma vie !", cette confidence nous revenait souvent en tête. Cette phrase avait été prononcée avec tant de douceur, qu'on l'avait acceptée comme une marque de confiance.
Le serveur toujours sollicité et disponible nous aidait bien volontiers. Il avait remarqué qu'elle prenait le bus n°7 quand elle quittait la brasserie. Il nous faut avouer avoir pris plusieurs fois ce bus jusqu'au terminus en effectuant quelques étapes de temps à autre pour revenir bredouilles au point de départ, devant l'établissement où nous l'avions rencontrée.

Une inquiétude nous envahit quand cet employé devenu notre complice dans cette enquête, remarqua que ses passages s'espaçaient de plus en plus. Fatiguée, affaiblie, anxieuse, elle le chargea alors d'une mission :

– Je pense que je ne pourrai plus revenir. Dites à ce couple charmant qu'il peut ouvrir la valise. Ils comprendront !

Le serveur de la brasserie ne la revit plus. Une douleur immense nous submergea quand nous nous rendîmes compte avec évidence qu'un événement grave s'était produit !

Rentrés chez nous, seuls, nous ouvrîmes cette valise qui ne résista pas longtemps. À l'intérieur, nous découvrîmes des articles de journaux relatant tous les événements historiques qui avaient jalonné sa vie et un album-photos. C'est ce dernier qui attira notre attention.

Les premières photos devaient être les siennes. Un sourire permanent! Son enfance, une adolescence, son évolution dans le temps jusqu'à la photo de son mariage. Quelques clichés qui respiraient le bonheur au bras d'un grand gaillard moustachu. Quelques souvenirs de voyage à l'étranger. Enfin des photos d'elle en deuil.

Pas de bébé dans les bras, pas d'enfants jouant à leurs côtés, pas d'adolescents frimant devant l'objectif. Aucune trace de descendance !

– Comme elle devait se sentir seule murmura ma compagne !

La seconde partie était séparée de la première par une page de garde, un intercalaire en plastique contenant une superbe pensée séchée accompagnée d'un carton sur lequel était écrite une citation de Gustave Flaubert:

"La forme est la chair même de la pensée,
comme la pensée est l'âme de la vie.".

Quelques clichés de couples, la quarantaine comme nous, assis à une table de restaurant, sourire aux lèvres. La dernière photo nous fit monter les larmes aux yeux !

Belle coquille

Cet établissement était une table renommée dans la région. Son entrée dans le plus célèbre guide des restaurants français avait boosté l'entreprise qui assurait depuis un rythme plus que correct. Une réservation était devenue une obligation.

En cuisine, le patron "Jacques Pegout" assisté d'un deuxième chef dirigeait avec brio une belle équipe de cuisiniers. Une rigueur, une rapidité; une expérience au service de la gastronomie. Tout tournait à merveille. Le "coup de feu" était impressionnant!

En salle, son épouse qu'il aimait taquiner en l'appelant "la Pompadour" gérait à merveille un service en salle presque parfait. Le charme naturel de cette sublime femme agissait comme par magie sur les serveurs très scrupuleux comme avec les clients conquis. Un sourire et elle obtenait ce qu'elle désirait ou vous imposait ce qu'elle voulait sans que vous vous en rendiez compte.

Avant le service le chef de cuisine lui conseillait d'insister sur tel ou tel plat en fonction du stock qu'il gérait en maître.

La carte évoluait de jour en jour. Elle avait choisi ce système. Le meilleur moyen d'écouler les invendus et d'éviter toute routine. Chaque matin, au calme, devant son ordinateur, elle corrigeait le contenu de la carte, des menus, une impression et l'insertion dans un superbe classeur illustré qu'elle présentait aux clients. C'était un plus dans un service irréprochable.

Tout était prêt! Une mise en place idéale! Une musique délicieuse en fond sonore. Comme à l'accoutumée, le service commença dans une atmosphère sereine, quelques réflexions de satisfaction. Le bien-être absolu !

– S'il vous plaît !

À l'un de ses serveurs qui se précipitait, cette patronne très vigilante, d'un geste discret, signala qu'elle s'en occupait personnellement. Elle avait remarqué ce "m'as-tu-vu?" dès son arrivée au restaurant.

– Oui monsieur ?
– Vous vendez celles du Patron !
– Pardon ?
– Le chef se prénomme bien Jacques ?
– Effectivement !

Le client un peu lourdingue, non content d'avoir déstabilisé cette aimable dame, lui tendit la carte avec un sourire moqueur.

– Vous avez fait ce qu'on appelle ... une coquille!

Complètement décomposée, elle se mit à parcourir la carte et les menus qu'elle connaissait par cœur et tomba en arrêt:
"Couilles Saint-Jacques gratinées et sa fondue de carottes"
Livide, elle balbutia :

– Je suis désolée, j'ai oublié le "q" !

Pas ce soir !

Débordée par un travail monstre ce week-end, cette jeune stagiaire n'a pas pu répondre à l'invitation de ses amis ce samedi soir. Ne pouvant mettre le nez dehors, Isabelle a tout organisé pour passer la soirée avec son fidèle compagnon. Un repas en tête à tête en quelque sorte …

Ils sont ensemble depuis trois ans déjà! Un record pour elle. C'est toujours elle qui prend la décision de changer, de renouveler son environnement proche assez fréquemment. Par mode probablement car elle reconnaît être sensible au look. Il lui est arrivé d'avoir un vrai coup de foudre un jour dans une grande surface. Pas gênée, cette célibataire endurcie a fait affaire en quelques minutes. Fière de son acquisition, cette idylle a duré deux belles années.

Cette fois-ci, elle a fait sa connaissance sur internet. Bizarrement, c'est un de ses collègues, son ex, qui les a mis en relation. Isabelle avait le choix et c'est lui qui a remporté ses faveurs. Il a été son complice en l'accompagnant partout, même en vacances. Ils étaient devenus inséparables.
Si peu casanière d'habitude, ses sorties étaient de moins en moins fréquentes tant elle se sentait bien avec lui. Sa compagnie lui suffisait! Ses amis le lui reprochaient assez en lui disant qu'elle s'isolait, que l'addiction la guettait. Une dépendance s'installait et elle le reconnaissait volontiers. Avec lui, tout était possible, s'émouvoir, rire et même pleurer. Son rayonnement, ses connaissances intarissables, sa mémoire sans faille et ses performances la transformaient en une petite fille admirative et comblée !

Ses proches pensaient qu'il était à l'origine de ses troubles du sommeil. Ce nouveau compagnon faisait des jaloux, c'est sûr !
Dans les moments difficiles, dans l'obscurité de la chambre, avec elle, sur le lit, il éclairait le beau visage de cette femme de sa lumière intérieure. De son côté, Il réagissait à la moindre de ses sollicitudes retranscrivant tout ce qu'elle pensait, disait ou écrivait à la virgule près. Une complicité totale !

Mais là, il la lâche au moment où elle a le plus besoin de lui ! Pourquoi ce soir justement ? Comment finir son travail pour lundi matin 9 heures précises face à un engin devenu inerte et muet subitement ?

Tous ses dossiers sont prisonniers dans cet ordinateur qui l'abandonne Trouver un réparateur un dimanche, c'est impossible !

Le regard de l'autre

Boubakar issu d'une famille de trois enfants était arrivé en France trois ans auparavant. Les parents analphabètes parlaient le français avec beaucoup de difficultés. Soucieux de l'éducation de leurs enfants et de l'intégration de toute la famille, le papa travaillait très dur, la maman s'occupait de tous et prenait quelques cours d'alphabétisation. La scolarité des enfants était suivie de près autant que faire se peut. Tout pour réussir une adaptation sociale !

Après des débuts prometteurs, Boubakar, très volontaire, commençait à lâcher prise. L'école demandant de plus en plus de recherche et de soutien à la maison, les apprentissages devenaient délicats. Avec la meilleure volonté du monde, il se sentait glisser doucement. Tout le monde s'en rendait compte. Quelque chose clochait assurément !

À la rentrée suivante, sa nouvelle maîtresse mit tout en œuvre pour qu'il reprenne le rythme, qu'il se maintienne à la surface, qu'il garde le contact. Elle s'opposait à l'administration laquelle préconisait une orientation vers une filière spécialisée. Même la psychologue scolaire, en dépit des résultats conformes à ceux des élèves de sa tranche d'âge, ne percevait aucune issue favorable à cette chute de performances incompréhensible.

Cette brave enseignante entreprit sa petite enquête. Le papa, après un parcours très chaotique dû aux difficultés de l'entreprise qui l'embauchait, venait de perdre son emploi. La maman avait dû alors troquer ses cours d'alphabétisation pour des heures de ménage qui l'accaparaient toute la journée. La perte des repères de cet élève courageux le plongeait inexorablement dans un mutisme inquiétant.

En fin de journée, son travail allégé terminé, il avait l'autorisation d'aller au "coin jeux" où il choisissait toujours le même: "La Tour de Hanoï". Au début, le regard fuyant, il manipulait les différentes pièces sans aucune logique. Les tentatives de la maîtresse pour lui venir en aide restaient infructueuses. Elle se contentait donc de lui en lire les règles sans aucune réaction de sa part. Un jour, il s'exprima sans lever les yeux.

> – J'arrive pas! J'suis nul !
> – Nul, ça ne veut rien dire. Nul, c'est rien, c'est comme zéro ! Toi, tu peux réussir certaines choses. Tu le faisais bien l'année dernière."

Un léger sourire à peine perceptible. La relation semblait s'assouplir les jours suivants et enfin, il se lança en demandant s'il pouvait avoir une photocopie des règles du jeu pour les lire à ses parents. L'enseignante remarqua un léger investissement dans les activités scolaires.

Toujours le même rituel avec ce jeu. Mais une stratégie qui s'apparentait maintenant à une démarche expérimentale, se mettait en place. Il acceptait de revenir en arrière pour repartir dans une autre direction. Et ça c'était nouveau !
Un jour, tout fier, il arriva avec un jeu, le même, que son papa lui avait fabriqué. Il fallait répondre à cette invitation.

> – Tu t'es entraîné à la maison ?
> – Oui, c'est papa qui a fait le jeu !
> – Et tu y arrives maintenant ?

- Pas toujours mais des fois. Papa aussi !
- Moi, je n'y arrive pas, je dois être nulle !
- Non, vous êtes pas nulle madame, vous savez trop de choses.
- Tu t'entraînes et quand tu y arriveras, tu nous feras une démonstration. Non, tu nous feras un cours !"

En réponse un large sourire mais la tête toujours baissée comme s'il était coupable d'une quelconque bêtise! Il n'oublia pas de récupérer son jeu pour rentrer chez lui.

Le moment de la représentation arriva. Une vraie mise en scène! Notre héros étonna son auditoire par sa finesse, sa réflexion, son intelligence. Il n'était pas indifférent aux regards interrogateurs et admiratifs. Il prit bien soin de ne pas donner la solution dans son intégralité et demanda si un camarade était volontaire pour essayer. Une main se leva instantanément. Si lui y arrive, pour moi, le meilleur de la classe, ça va être facile, devait se dire Timothée !

Après plusieurs manipulations dans tous les sens, le plus fort de la classe, déçu et vexé se rendit à l'évidence et abandonna la partie. Plus personne n'osa relever le défi.

Boubakar reconnut que ce n'était pas si mal que ça, que Timothée n'était pas loin de la solution. Un comble ! Une démonstration très vite réalisée pour que personne ne puisse mémoriser les bons déplacements. C'était une réussite totale ! Un tonnerre d'applaudissements fit monter les larmes aux yeux du champion. Il n'était pas si surpris que cela mais heureux et fier.

Pensant qu'il fallait trouver encore autre chose, notre pédagogue "bassina" son mari comme à l'accoutumée, avec

l'évolution surprenante du comportement de son élève. Son compagnon soucieux d'aider sa protégée découvrit la suite à envisager. Informaticien programmeur, il se proposa de concevoir une petit logiciel qui permettrait de manipuler les pièces, de comptabiliser le nombre de coups, de signaler une erreur, de bloquer une évolution erronée. Tout cela dans le but d'afficher en gros, en cas de réussite, "Bravo, tu as réussi !".
L'idée géniale fut mise en pratique et quelques jours plus tard, le logiciel était né. De belles couleurs, un côté ludique qui allait faire mouche! Il fit une démonstration à son épouse qui adopta cette trouvaille exceptionnelle.

La cerise sur le gâteau ! Toute la classe se retrouva en salle informatique, deux élèves par poste. La situation idéale! Boubakar déçu de n'avoir pas d'ordinateur libre à sa disposition se retrouva injustement debout avec la maîtresse.

- Un logiciel pour nous aider à trouver la solution, c'est génial !
- Que c'est beau !
- C'est quoi ce bouton "AIDE" ?
- Pour vous aider, si vous avez quelques difficultés, si vous êtes bloqués. Il faut essayer plusieurs solutions avant d'y avoir accès !

Au bout de quelques minutes, un cri d'admiration parcourut la salle. Un élève venait de cliquer sur le bouton "aide" enfin actif. Une nuée de curieux se dirigea vers l'ordinateur qui révélait un message, au beau milieu de l'écran :

[Si vous avez besoin d'aide,
demandez à Boubakar !].

Aujourd'hui peut-être...

Et si, pour une fois, le rituel minutieux auquel se soumet Antoine depuis de longues années, se fissurait un tout petit peu pour lui permettre de vivre enfin!

Cet homme, la quarantaine, bien de sa personne, surfe sur une organisation hyper stricte. Cet organigramme élaboré scrupuleusement, prend en considération aussi bien sa vie privée que celle de l'entreprise fleurissante dont il est responsable. Si cette structure le sécurise et le rassure, elle le confine dans un univers rigoureux. Tout est pensé, mesuré, analysé. Rien n'est laissé au hasard. Il est évident qu'Antoine nourrit un rêve secret.

Chaque matin, aux premières notes de son réveil-matin diffusant inlassablement la même rengaine "Aujourd'hui peut-être ou alors demain..." de Michel Sardou, ses actes et ses gestes se succèdent suivant un scénario précis dans un intérieur très coquet et bien entretenu. Le décor classique de l'appartement est l'héritage de sa maman avec laquelle il a vécu jusqu'à l'année dernière.

Vivant en collectivité, il est très prudent, un rien alimente une angoisse permanente. Toujours aux aguets, il donne l'impression d'être en recherche. Le chat qui dresse l'oreille au moindre bruit parasite ou le chien qui flaire le seuil de la porte d'entrée à chaque passage sur le palier de son immeuble, c'est lui! Quand il sort, il examine le moindre détail, prend tout son temps en traversant les parties collectives qu'il semble ausculter en regardant régulièrement derrière lui comme s'il attendait quelqu'un.

Pour se rendre à son travail, il monte toujours dans le même bus, salue respectueusement le chauffeur en opinant du chef, s'assoit invariablement à la même place en préservant le siège libre à côté de lui.

Depuis peu, Antoine dit vouloir "faire le tri". Il a commencé en laissant parler son imagination et s'est permis une "fantaisie" dans l'aménagement de sa chambre. Cette pièce qui se veut accueillante présente en trompe-l'œil une porte entr'ouverte peinte sur l'un de ses murs. Il la contemple souvent.
Il bouscule un soir le protocole en invitant une jeune femme chez lui. Une vraie révolution. Il n'en revient pas lui-même! Peut-être est-ce une réponse à sa voisine qui a été, une nuit, un peu trop bruyante. Il ne l'a vue qu'une seule fois quand elle est venue frapper à sa porte pour s'excuser. Un tant soit peu provocante et pour se moquer gentiment d'Antoine, en réplique à la chanson de son réveil, la jolie brune d'à côté fredonne, à l'occasion, "Un jour, mon prince viendra...".

Dans son entreprise, il est très apprécié car soucieux du bien être de chacun. Toujours disponible et à l'écoute! Quand quelqu'un toque à la porte de son bureau, il semble interroger cette dernière pour laisser immanquablement apparaître une déception non dissimulée en identifiant la silhouette de son visiteur.

La présence des autres ne le soucie guère, il la recherche même! Pour le départ à la retraite de sa secrétaire, il organise une collation. Cette dame d'un âge certain est probablement la seule dans la confidence. Il est évident que cette personne a pris de l'importance depuis le départ douloureux de sa maman.

Un simple regard de connivence leur permet de se comprendre. Il n'est pas rare que cette assistante l'interroge des yeux. Toujours la même réponse: un soupir de déception synonyme de désarroi et d'impuissance. Un encouragement, le poing fermé, de la part de sa complice pour lui signifier que ce jour viendra!

Cette fête réunit tous les employés. Beaucoup de joie autour de ce patron célibataire mais ô combien sympathique. La nouvelle retraitée profite de la situation et, avec un petit sourire à peine dissimulé, propose à son supérieur la remplaçante qu'elle a envisagée et dont elle parle depuis quelque temps, en vantant des qualités professionnelles hors du commun. La bonne humeur et l'alcool aidant, le bel Antoine, bien que très surpris, accepte bien volontiers cette future collaboratrice et, après l'avoir accompagnée toute la soirée, l'invite à boire un dernier verre... chez lui !

Antoine est sous le charme. Une fois n'est pas coutume, il commande un taxi. Le trajet du retour est féerique. L'appartement les accueille somptueusement. La jolie femme illumine ce petit moment par sa gentillesse, sa spontanéité et sa joie de vivre. Antoine est ravi, souriant et heureux. Il a tellement rêvé de cette rencontre.

Pour la première fois, les deux voisins dormiront du même côté du mur. Dans la chambre, la porte en trompe l'œil sera désormais grande ouverte !

Soucoupe pour le café !

Germaine et Raymond étaient prêts à passer à table. Une journée bien remplie. Le matériel agricole rangé, Raymond avait même eu le temps de ratisser l'allée gravillonnée. Quant au travail à la ferme de Germaine tout était réglé comme du papier à musique.

Un coucher de soleil somptueux les conduisit sur le seuil de l'entrée. De cet endroit, rien ne venait altérer une vue sur la plaine dorée. C'était superbe ! Ils décidèrent une fois n'est pas coutume de dîner à l'extérieur. Il réservaient cette faveur à la famille ou aux amis. Une petite révolution chez les Gidouins.

La perspective d'un repas en tête à tête à la belle étoile commençait à donner des idées au chef de famille encore bien vert pour son âge. La Germaine, en général, si tout avait été bien programmé à l'avance, n'était pas en reste.

La nuit commençait à envahir l'horizon. La pénombre rendait ce lieu merveilleusement agréable. À Germaine qui se levait pour allumer la lumière extérieure, Raymond demanda de ne pas bouger, de rester blottie contre lui. Ils étaient bien et regardaient en face d'eux quand une lueur dans le ciel les fit sursauter.

    – Tu as vu ce que je viens de voir ?
    – Oui, c'est quoi ? J'ai peur !

Raymond souleva sa grande carcasse pour aller voir de plus près. Il traversa la cour très rapidement et scruta l'horizon. Il sentit la petite main de sa Germaine venir chercher refuge dans sa grosse paluche. Ils étaient plantés là, face à l'immensité des champs à perte de vue. Un calme angoissant... quand une deuxième lueur plus proche, plus intense accompagnée d'un son strident, éclaira la plaine comme en plein jour.

Nos deux cultivateurs ne bougeaient plus comme hypnotisés. Ils se serraient l'un contre l'autre.

Ils n'attendirent pas longtemps avant d'apercevoir un engin lumineux se déplacer lentement pour prendre une position stationnaire juste en face d'eux. Ils assistaient impuissants à un scénario comme face à un écran de cinéma géant. Un léger ronflement remplaça le son désagréable que nos héros n'entendaient plus pour l'avoir complètement digéré.

L'engin ressemblait à une soucoupe volante comme on a l'habitude d'en voir quand il s'agit d'un engin spatial. Une porte s'ouvrit verticalement. Le bourdonnement d'abeille s'arrêta. De longues minutes avant de distinguer deux silhouettes dans l'encadrement de l'ouverture. Comme au cinéma, un escalier se déroula pour s'arrêter à une dizaine de mètres de nos deux humains stupéfaits. Les deux personnages recouverts d'une armure métalliques vinrent à la rencontre de nos deux terriens.

Les quatre protagonistes restaient silencieux. Une atmosphère sereine remplaça progressivement cette ambiance glaciale.

Un des deux extraterrestres, puisqu'il s'agissait bien de cela, prit la parole en français en expliquant qu'ils étaient capables de s'adapter aux coutumes et à la langue du pays qu'ils avaient décidé de visiter. La France était le premier pays choisi sur la planète Terre. Ils étaient là en amis et ne recherchaient aucun conflit.

Nos deux agriculteurs s'avancèrent en leur tendant la main. Ce geste fut accepté avec enthousiasme semble-t-il. Un "Zigor et Zala, enchantés !" démontrait bien qu'ils avaient révisé avant de débarquer.

Ils emboîtèrent le pas de nos deux héros après avoir accepté leur invitation. L'espace très convivial réservé pour les amis allait accueillir exceptionnellement les deux extraterrestres. Germaine un peu tremblante adapta son repas préparé pour le servir en toute simplicité pour les quatre protagonistes.

La convivialité des humains comblait ces sympathiques invités. Ils se présentèrent comme un couple et demandèrent qu'on applique l'une de leur coutume phare, celle qui répond à une hospitalité sans faille : échanger les partenaires.

Germaine et Raymond tombaient de haut. Jamais ils n'avaient osé imaginer un tel scénario. Après pas mal de tergiversations, les couples reformés prenaient la direction des chambres qui allaient les accueillir.

Germaine curieuse s'exécuta à peine arrivée dans la chambre en retirant fébrilement tous ses vêtements. Son partenaire occasionnel dévissa trois petits boulons pour libérer un petit triangle métallique qui cachait une toute petite zigounette. Germaine la gourmande comme aimait le dire Raymond, était un peu déçue. Zigor se tira l'oreille droite et son sexe s'allongea pour atteindre une taille plus que convenable pour Germaine. Il se tripota alors l'oreille gauche et là, ce qui lui servait d'attribut sexuel grossit généreusement. Germaine passa une nuit inoubliable.

Après un petit déjeuner copieux le lendemain matin, à l'aube,

27

les deux invités prirent congé à bord de leur vaisseau spatial. Nos deux paysans se retrouvaient hébétés face à leur bol de café quotidien.

- – Alors ?
- – J'ai passé une nuit formidable. Je suis désolée de te l'avouer mon amour !
- – Pas grave ! C'était le but de l'opération mais moi, je n'ai pas compris, Zala, elle n'a pas arrêté de me tripoter les oreilles pendant toute la nuit !

Ça passe ou ça casse!

Un couple arrive devant cette salle des fêtes transformée pour l'occasion en Restaurant-Karaoké-Dancing. Elle n'est pas rassurée en découvrant le thème de la soirée: "La Saint Valentin, ça passe ou ça casse!".

- Tu ne m'as pas dit que c'était ça!
- C'est une invitation. Ne t'inquiète pas, j'ai trouvé cette idée originale. Nous avons besoin de nous changer les idées tous les deux en ce moment. De toutes façons, on est ensemble. Je suis là! Tu ne risques rien."

C'est vrai qu'il est rassurant cet homme à l'allure sportive et un charisme à la hauteur des événements. Quand ils se sont connus, elle a été impressionnée par son assurance à la limite de l'arrogance, elle, si timide, toujours sur la réserve. Depuis elle lui voue une confiance sans borne. Quelquefois agacée par ce "m'as-tu-vu", elle reconnaît volontiers que les dix années passées en sa compagnie l'ont énormément aidée.

Les deux amoureux traînent toujours devant l'entrée. Des habitués s'approchent pour les rassurer :

- Nous aussi, on adore leurs jeux de mots. Ils savent mettre la pression mais ils gèrent sans problème.
- L'année dernière, le thème était "Les seins Valentin". Je ne vous fais pas un dessin! (rire). À un moment, sur le fil du rasoir, ils ont assuré comme des pros!

Les deux tourtereaux rassurés franchissent la porte d'entrée. Un affichage sur le mur du hall d'entrée les interpelle quelque peu mais sans plus:

Soirée " Ça passe ou ça casse!"
La Saint-Valentin qui déchire!
Un repas aux chandelles
Quelques chansons d'amour
Le jeu surprise: "Noir Désir!"

La salle de restaurant est joliment décorée, un classique du genre. Une vingtaine de tables pour des têtes à têtes amoureux. Chacune d'entre elles est nappée de rouge, un vase incolore contenant une rose rouge s'harmonise à merveille avec une vaisselle blanche étincelante. Une bougie noire diffuse une lueur douce. C'est très beau!

Chaque couple choisit librement sa place. Le repas commence dans une ambiance musicale feutrée. Le menu n'a rien d'extraordinaire mais les différents plats sont délicieux. Lentement, les gens se libèrent et un léger brouhaha meuble agréablement la salle. Quelques sourires amicalement échangés entre les participants sont de bon augure. C'est très agréable!

Au moment du dessert, un écran judicieusement masqué dévoile une petite vidéo pour présenter la suite du programme. Un karaoké!
Quelques courageux dont notre héroïne qui déguste secrètement cette soirée depuis le début, choisissent leur chanson dans une liste. Son mari se doutait bien que Juliette Gréco remporterait son suffrage mais que son choix se porte sur la plus légère du répertoire, le surprend énormément. Déboussolé, il inculpe le cocktail qui leur a été servi en apéritif.

– Tu vas quand même pas chanter ça ?

– Pourquoi pas? Je me sens très bien ici et je te remercie d'avoir pris cette excellente initiative. J'ai l'impression de revivre.

C'est incroyable ! L'homme, le mâle, celui qui a raison de toute situation, reste sans voix. Il sait pertinemment que les paroles de cette chanson associées aux formes très avantageuses que sa compagne sait mettre en valeur à l'occasion, auront un effet dévastateur. Il a pu constater ce soir, quand ils patientaient dans le salon avant l'ouverture de la salle du restaurant, que ses atouts étaient restés intacts.
Le soir de la Fête des Amoureux, même accompagnés, certains n'ont pas pu résister à la tentation de reluquer de manière grossière les charmes de sa protégée. Il est sûr que si elle prononce les paroles de cette chanson, certains, et il voit très bien lesquels, vont hurler à la mort. Un en particulier qu'il reconnaît enfin. Un revenant!

Comprenant aisément l'émoi de son mari qu'elle sait un brin jaloux, elle lui prend la main, ses pieds se blottissent entre les siens. Elle lui susurre quelques mots gentils et rassurants pour lui signifier que c'est lui qu'elle aime même s'il ne peut pas s'empêcher de faire le joli cœur de temps en temps. Qu'il est son homme! Que celui qui lui fait du grain depuis le début de la soirée est un ex, que c'est fini depuis longtemps!

Les chanteurs se succèdent avec plus ou moins de bonheur au micro. L'atmosphère se détend de plus en plus. Les rires se mêlent aux applaudissements. C'est enfin son tour. De grands sourires charmeurs, des remarques à peines dissimulées l'accompagnent jusqu'à la scène. C'est vrai qu'elle est superbe dans son ensemble moulant. Les premières paroles font mouche !

"Déshabillez-moi , déshabillez-moi.
Oui, mais pas tout de suite, pas trop vite
Sachez me convoiter, me désirer, me captiver …"

Quelques plaisantins se proposent même pour répondre à ce qu'ils considèrent comme une invitation. Mais où est donc passé l'ambiance feutrée du début de soirée? Mettre cette chanson en fin du karaoké était une provocation évidente et une belle transition pour la suite des réjouissances. Le champagne est servi au verre. La direction offre une petite bouteille de champagne à nos deux amoureux pour récompenser la prestation très remarquée de cette belle chanteuse. Faut espérer qu'il ne soit pas aussi dévastateur que le cocktail!

Un animateur, jusqu'ici très discret, tente de reprendre la situation en main. Il annonce avec humour la dernière partie de la soirée. La surprise: "Noir désir" qui doit se dérouler dans la salle voisine. Le changement de lieu est propice aux échanges. Beaucoup d'interrogations et surtout une envie de découvrir la suite des événements. Une grande piste de danse accueille tous les participants chauffés à blanc. Tout le monde est partant, même notre héros!

“Chers amis,
Nous allons finir cette superbe soirée en dansant,
en essayant de ne pas se faire voler son cœur.
Ne vous inquiétez pas, rappelez-vous notre devise:
"Toujours dans les limites de la bienséance, bien sûr!"
Vous allez, dans un premier temps, vous éparpiller en occupant toute la pièce. Les couples doivent se séparer au début du jeu.
Allez-y ! Mélangez-vous !
Vous danserez avec un ou une partenaire

le temps d'un extrait musical.
À chaque arrêt de la musique, vous changerez de partenaire.
Pour vous le jeu s'arrêtera quand vous aurez retrouvé votre
moitié...ou pas... Vous pourrez alors quitter la salle. Il n'y a pas
de gagnant mais des perdants: le dernier duo! J'espère que vous
avez compris car je ne réponds plus de rien.
Ah, j'oubliais: Le jeu se déroule dans le noir!
Attention, on éteint les lumières!"

Le noir total envahit la salle. Les participants trouvent
rapidement un ou une complice et se laissent entraîner par une
musique douce et enivrante. Très rapidement, des réflexions et
des rires fusent et déjà il faut changer de partenaire. Les
mélodies semblent avoir été choisies judicieusement pour
favoriser les rapprochements. Si le thème n'était pas la Saint
Valentin, cette dernière partie ressemblerait à un jeu de
rencontre entre célibataires.
Notre beau parleur profite pleinement de la situation. On
n'entend bientôt plus que lui. Il n'est pas rare que dans ce genre
de circonstances, il soit susceptible de joindre le geste à la
parole. Elle lui en a souvent fait le reproche. En quelques
secondes, il est capable de faire fondre n'importe qui. Il le sait.
Elle le sait.
Ses pensées s'orientent subitement vers sa compagne. Elle aussi
peut faire chavirer le cœur d'un bellâtre. Il vient de s'en rendre
compte, le sang de notre frimeur ne fait qu'un tour. Il
entreprend de partir à la recherche de sa compagne bien qu'il
faille encore et encore changer de partenaire. Toutes ces
senteurs qui s'entremêlent, lui tournent la tête, il pense avoir
reconnu le parfum suave de sa dulcinée. Il s'approche
relativement près d'un autre couple dansant à côté. Elle est
derrière lui! Ils se frôlent pratiquement, il tend la main au

niveau des fesses de celle qui pense être sa moitié mais rencontre une main velue. Son angoisse repart de plus belle. Comment des mains baladeuses peuvent-elles explorer le corps d'une inconnue en toute impunité. Si le mec qui danse avec elle a décidé d'en faire autant, il va craquer, c'est sûr!

Les changements incessants ont favorisé la disparition du duo d'à côté. Son mal-être est perceptible, on lui demande souvent si tout va bien. Un rigolo lui lance au passage: "du calme, tu la reverras ta femme!".

Les limites de la bienséance, peut-être mais là, il commence à douter, à stresser. Les parfums et les odeurs, se sont mêlés aux commentaires, aux plaisanteries, aux petits gémissements qu'il est probablement le seul à entendre. En se déplaçant, il remarque que les couples sont de moins en moins nombreux. Ils se souvient que les participants peuvent quitter la salle après avoir retrouvé leur moitié. Ce qui l'inquiète, c'est le "... ou pas!...".

"Eux au moins, ils se sont trouvés! Partie avec quelqu'un d'autre? Impossible, elle est perdue sans moi! Elle le répète assez..." se dit-il sans cesse.

Les minutes s'égrènent si bien qu'il est le seul à sillonner la piste avec sa partenaire qu'il tient fermement par la main. Elle voltige derrière lui en se demandant probablement ce qui lui prend mais n'ose intervenir. Les perdants, ce sont eux! Mais où est passée sa compagne, sa protégée, celle qui ne peut vivre sans lui? C'est à ce moment-là qu'il craque, lâche sa partenaire qui s'échappe sans demander son reste, se plante au milieu de la scène, lève les bras et pousse alors un rugissement effroyable: "ISABELLLEEEE!!!!!.".

La lumière s'allume brusquement. Il est seul au centre d'une piste totalement vide dans un silence absolu qui le fait frissonner. Il reprend ses esprits et fonce sur la seule porte existante pour fuir. Il se heurte à un vrai mur. Tout est clos. Il tourne comme un fauve en cage. Il ne comprend pas. Il s'effondre, tombe à genoux et murmure: "Pourquoi ?".

En guise de réponse, il entend une musique puis quelques paroles et enfin la météo. D'un geste rageur, il éteint ce maudit appareil censé remplacer le doux bisou matinal d'Isabelle dont il ne lui reste plus sur le chevet que la photo accompagnée d'un petit mot:

"Si seulement tu m'avais dit la vérité
Nous ne serions pas sur le point de nous quitter
J'aurai toujours gardé
Au fond de moi
L'amour que j'ai eu peur
De perdre tant de fois
Puisque tu as triché
À présent tu peux t'en aller!"

Vous avez un message !

Le téléphone sonne encore ! Elle vient tout juste de raccrocher. Seize heures ou minuit c'est du pareil au même ! Elle vit avec son mobile à portée de main, prête à dégainer dès les premières notes de cette musique que je ne supporte plus !

Notre couple est devenu invivable. Ce ramassis de technologie trône sur tous les meubles de la maison et migre dans toutes les pièces au gré des déplacements de sa propriétaire. On ne sait plus si c'est lui qui la suit ou l'inverse. Son entrée triomphale et tonitruante dans notre chambre, le seul lieu que j'avais jusqu'ici réussi à préserver de son omniprésence, est une catastrophe !
Au coucher, s'endormir est devenu impossible au milieu des sonneries ou autres "bips". Ils rythment même nos petits câlins devenus de plus en plus rares. Dès le réveil, ces sons martèlent mon cerveau. S'ils sont devenus pratiquement inaudibles grâce aux petites boules de cire dans les oreilles, leurs impacts sont insoutenables. Ils toquent à la porte comme s'ils voulaient entrer. Comment en est-on arrivé là ?

Je me souviens de discussions sérieuses ou plus légères, qui nous unissaient, qui consolidaient notre couple. Puis, en quelques années, l'ordinateur devenu incontournable pour des raisons professionnelles, s'est imposé au sein de notre foyer. Je dois reconnaître que sur ce coup, je suis un peu responsable. Prétextant un travail à finir ou du courrier à consulter, je m'introduisais subrepticement dans le bureau où sommeillait mon complice. J'avais l'impression qu'il m'attendait! Cette fenêtre ouverte sur l'extérieur me rendait sourd aux sollicitudes de mon entourage. J'entendais quand on me parlait mais sans écouter réellement. Il n'était pas rare que ma compagne passe et repasse, en string, avant que je la remarque réellement. C'est le seul truc qu'elle avait trouvé pour attirer mon attention et me libérer de cette relation hypnotique qui m'envoûtait totalement en me coupant de la réalité.

Je n'avais jamais entendu cette mélodie dans son intégralité. J'hallucine ! Elle n'a pas décroché... Elle s'approche, se penche vers moi et me demande l'heure. Surpris et troublé car je suis certain d'avoir déjà vécu cette situation, je lui réponds: "Seize heures!". Elle me sourit et, devant moi, à la manière d'un strip-tease, au ralenti pour que je déguste le moindre de ses gestes, elle éteint son complice et le pose à l'écart comme s'il était devenu insignifiant. Cette situation est irréaliste !

Nous sommes au mois d'août et il fait chaud sur cette terrasse. Elle s'approche encore un peu plus. Ses gestes sont lents. Elle est très légèrement vêtue. Elle dépose un bisou très doux sur mes lèvres et me dit: "Cette fin de journée est à nous, tous les deux!".
C'est impossible, elle ne peut pas se passer de son joujou et je ne veux pas être le responsable d'une frustration insupportable. Il faut que son téléphone soit allumé, c'est impératif! À elle de l'utiliser à bon escient. Certains appels peuvent s'avérer importants. Son téléphone doit être allumé cet après-midi, là, maintenant, pour lui dire, le temps d'un "bip": "Vous avez un message !"

À mon trouble, elle oppose une incompréhension totale. J'ose une dernière tentative au risque de la blesser, c'est si important! Je la prends dans mes bras. Elle se laisse aller. Nous n'avons pas vécu cette complicité depuis bien longtemps, trop longtemps! Nous partageons un moment très tendre, j'en profite alors pour lui demander si elle a gardé mes premiers messages, au moins les plus affectueux. Elle m'avoue n'en avoir conservé qu'un seul, le premier, le plus enflammé depuis pratiquement... vingt ans! Je souris, je feins de ne pas comprendre, de ne pas la croire et lui demande de me le montrer. Je la sens glisser lentement, s'extraire de mon étreinte, échapper à mon contrôle. Sa main se dresse entre nous pour me dire "Stop!". Elle rajoute : "Nous avons toute la soirée pour nous. Attends un peu!".

Décidément, on n'est jamais sur la même longueur d'onde. Je suis en train de la supplier d'allumer son foutu engin. Celui-la même qui nous pourrit la vie depuis des années. Pour une fois, je voudrais qu'elle le sorte de son sommeil pour le remettre dans l'actualité du moment. Un message peut arriver à tout moment. Le mien peut-être... Rien n'y fait !

Je dois lui dire la vérité. Je ne peux plus jouer la comédie. Il faut qu'elle sache! Je file dans le bureau pour en revenir avec mon ordinateur portable. À la vue de cet intrus, elle qui a consenti à mettre en veille tout parasite susceptible d'entraver ce moment à deux, éclate de colère, referme violemment mon ordi, me plaque son téléphone muet dans la main et file s'isoler dans la chambre pour le reste de la soirée. Toutes les tentatives pour me justifier ou pour dédramatiser cette situation stupide, resteront sans réponse. Sourde à toute sollicitation, la porte de notre chambre restera close. Je ne la reverrai que le lendemain matin... Elle ressemble à un zombie. Elle me tend la main, je lui remets son mobile qu'elle allume fébrilement dans la foulée. Aurait-elle enfin compris ?

Quelques manipulations rapides et son regard se fige, un rictus, peut-être même un tout petit sourire. Son visage d'habitude si expressif reprend un peu de couleur puis une grimace, une larme coule sur sa joue !

"Ma chérie!
Tu vois, je n'ai pas oublié cette fois-ci l'anniversaire de notre rencontre. C'était le 3 août 1995. 20 ans déjà !
Tu étais superbe sur cette plage. Tu es venue me demander l'heure. Je m'en souviens, il était 16h00 !
Nous avons longuement discuté...
Il était évident que nous ne pouvions plus nous quitter !
Le soir, nous avons dîné au "Bar de la Plage" vers 20h30.

Je te propose que nous nous retrouvions
CE SOIR, au MÊME ENDROIT, à la MÊME HEURE,
pour une SOIRÉE AUSSI BELLE !"

Jeux d'écriture

Elle a commencé à germer dans leur tête dans un lieu très particulier. Contrairement à ce qu'on peut normalement penser, ce lieu est un terreau fertile.

Bel homme, un diplôme d'économie en poche, Enzo était destiné à une carrière prometteuse. Rentabilité, marchés, évolution de l'entreprise, gestion de portefeuilles, stratégies, tous ces données étaient rangées scrupuleusement dans une tête bien faite et bien pleine. Son premier emploi le rendit si fier qu'une impression de réussite voire de puissance lui fit perdre la notion de réalité.

Ce fut alors que son regard croisa celui d'Esperanza. Comment, dans un organigramme déjà surbooké insérer une case supplémentaire pour créer une nouvelle catégorie, la catégorie "cœur", la plus exigeante, celle qui prend le plus de place, surtout au début ?
Cette superbe brune était tout l'inverse même si son métier exigeait également une grande rigueur dans l'organisation et une ouverture d'esprit à toute épreuve. Cette femme avait, elle aussi, une tête bien faite et bien pleine. Elle était prof de lettres. Une intello comme il disait !

Une rencontre banale entre deux personnes qui se sont plu instantanément. Leur relation avait évolué très rapidement. Fou amoureux, Enzo était en adoration devant cette belle andalouse, ne sachant que faire pour la surprendre. Il voulait que leur union fût magique, lumineuse. Rien n'était assez beau pour celle qui l'émerveillait au quotidien. Plus raisonnable et plus posée, sa douce compagne essayait vainement de calmer ses ardeurs. Il n'avait pas besoin de tous ces artifices pour attirer son attention. Elle n'avait de cesse de le lui rappeler mais rien n'y faisait !

Il commit un jour l'irréparable en voulant marquer le coup. Il lui fallait beaucoup d'argent pour ce qui aurait dû être la déclaration d'amour du siècle accompagnée d'une demande en mariage époustouflante. Du jamais vu !

C'était juste un emprunt. Il n'était pas un malfrat. Il gérait! Un simple jeu d'écriture. Il rendrait cet argent. Personne ne s'en apercevrait. Pas de problème !

Il prit 5 ans et se retrouva derrière les barreaux. Être séparé de celle qu'il chérissait, était pour lui un interminable calvaire. D'abord abattu, il entreprit pour se sauver, pour s'échapper de cet univers qui l'anéantissait, de lire, et par la suite, d'écrire. Toujours dans la démesure, une lettre par jour était la cadence minimale. Quand il put enfin la voir, ce fut une joie indescriptible mêlée d'une douleur insupportable.

Après un échange de banalités, celles qui avaient meublé leur quotidien, ils parlèrent de leurs lettres, échangèrent leurs points de vue. Ils eurent droit aux parloirs libres: pouvoir se prendre les mains, avoir un contact physique, même léger! Le désir grandissait, devenait incontrôlable et certains de ces moments privilégiés furent interrompus.

Avec le temps, ils échafaudèrent de nombreux projets, des plus raisonnables aux plus fous. Les thèmes variaient suivant l'humeur même si l'un, récurrent, alimentait régulièrement leurs conversations. Quand ils n'étaient pas très en forme leurs sujets de discussion viraient au noir. C'était toujours Esperanza qui le ramenait à la réalité de leur couple resté solide dans cette épreuve. Ils se rejoignaient souvent dans l'humour. On y fait passer tellement de choses. Quand leurs propos prenaient cette direction, on les sentait heureux, mus par l'envie et le besoin de créer quelque chose ensemble.

C'était devenu leur projet commun. Leur correspondance tournait désormais autour de cette idée qui avait germé dans leur tête. Lorsqu'ils se retrouvaient, c'était pour planifier. Il leur fallut s'y reprendre à plusieurs reprises car ce n'était pas toujours le bon moment. Ils devaient être disponibles tous les deux, en même temps, demander des autorisations pour arriver à leur fin. Ce joyau était devenu une obsession, un trésor, leur trésor, le fruit de leurs envies, de leur imaginaire, de leur désir.

Elle était arrivée à terme ! On allait savoir de quoi Enzo et Esperanza étaient capables, tous les deux, ensemble. Ils pouvaient maintenant annoncer, à l'intérieur de cette prison qui en fut le creuset, comme à l'extérieur, la parution de leur première nouvelle née en détention que vous venez de lire:
        "Jeux d'écriture" !

Cœurs voisins

Ils s'étaient rencontrés à la première «fête des voisins» qui donnait l'occasion aux habitants de cet immeuble, de rompre leur isolement mais surtout de créer, de manière conviviale, un sentiment d'appartenance à un groupe.

Chacun était venu comme il était, seul ou accompagné. La mayonnaise avait pris tout de suite. Ils se connaissaient pour s'être croisés régulièrement dans l'entrée, l'ascenseur ou les couloirs.

Après cette fête qui avait rapproché tous les locataires de cette résidence, tout le monde échangeait bien volontiers de grands sourires et des petits mots sympas. Certains avaient franchi le pas et se recevaient de temps à autre. Ce qui n'était pas le cas de nos quatre protagonistes qui, pour des raisons diverses, se contentaient de simples politesses. Le côté superficiel édulcoré des uns contrastant avec le désir secret grandissant des autres. Cette fête avait favorisé certains bouleversements amoureux. Nos deux complices, étaient mariés chacun de leur côté.

Si Renaud a tout de suite flashé sur cette sublime brune qu'il a aperçue pour la première fois au bras d'un bel homme typé très distingué, il a essayé de contrôler son émotion. Il est toujours dans la retenue et surtout avare de démonstrations. L'inverse de Cindy, sa compagne, qui aime bien attirer l'attention. Il faut reconnaître qu'elle ne manque pas d'arguments.

Samira ne resta pas longtemps insensible au charme de ce voisin énigmatique. Elle avait perçu ce petit quelque chose qu'il avait voulu si maladroitement masquer. Elle était flattée car elle le trouvait touchant. Elle n'avait pas ressenti cette attirance réelle avec son étalon italien un brin macho.

Les sourires, les regards et surtout la gêne entre nos deux comparses prenaient une telle ampleur qu'il devenait de plus en plus difficile de dissimuler cet élan qui les rapprochait inexorablement. Pourtant cette situation sans issue réelle semblait leur convenir.

Après avoir encore vécu un moment fort en émotion dans l'ascenseur que nos quatre protagonistes venaient de partager, Renaud retrouva ce petit mot dans l'une des poches extérieures de sa veste :

« Nous venons de nous croiser.
Je n'ai pas pour habitude de prendre ce type d'initiative mais là, je ne peux plus résister. J'ai envie de vous connaître un peu plus. J'ai besoin de savoir si c'est réciproque.
Pour préserver cette confidentialité,
je vous propose de déposer votre éventuelle réponse sous le paillasson devant ma porte d'entrée.
Surtout ne signez pas ce mot ! Aucun signe distinctif !»

Loin d'être choqué, Renaud, cool, tolérant et très ouvert, s'avoua qu'il n'aurait jamais pu être aussi entreprenant. C'est le reproche que lui fait régulièrement Cindy. Il était ravi que Samira fasse le premier pas.

Une correspondance secrète se développa entre ces deux élus de Cupidon. Les cachettes pour ces petits mots doux variaient sans cesse et leur contenu restait anonyme dans le but d'écarter le moindre soupçon.

Cette relation restait platonique. Quelques sourires complices échangés dans les couloirs, un contact corporel furtif dans l'ascenseur ou un regard discret devant l'immeuble quand chacun reprenait son véhicule pour se rendre à son travail. Cette retenue surprenante contrastait avec le contenu enflammé des missives. Le désir montant de plus en plus, la frustration devenait insupportable.

L'inévitable se produisit un soir. L'ascenseur tomba en panne, bloqué un long moment entre deux étages. Personne ne fut dupe et surtout pas Cindy qui était à l'origine des billets doux échangés entre les deux amoureux. Elle avait savamment orchestré le tout en rédigeant elle-même tous les messages reçus par chacun d'eux. Elle brûlait régulièrement les vrais, ceux qu'elle interceptait facilement pour les remplacer par ceux qu'elle avait concoctés avec malice. Tout avait fonctionné à merveille!

La voie était enfin libre pour porter l'estocade avec Tonino, le bel italien qu'elle convoitait depuis le début, depuis cette «fête des voisins», celui qui devait venir enrichir son tableau de chasse, celui qu'elle voulait pour elle toute seule....

L'ambiance bon enfant de cet immeuble en prit un sérieux coup. Les deux amants s'étaient volatilisés en emportant le strict nécessaire.
Les deux rescapés se croisaient régulièrement mais Tonino restait insensible au charme et aux avances de Cindy qui ne comprenait pas qu'un homme puisse lui résister ainsi.

Le beau sicilien perdait de sa superbe. Il avait troqué son style classe pour un look plus décontracté voire négligé. Une vraie métamorphose : le jean ou le survêtement démodé suivant les circonstances, les cheveux coupés en brosse et cette paire de lunettes qui reprenait sa place sur son nez. Ce n'était plus le même ! Il n'avait pourtant pas l'air malheureux et souriait volontiers à cette belle blonde comme s'il voulait la provoquer, lui prouver quelque chose.

L'organisatrice machiavélique qui ne comprenait pas pourquoi il s'enlaidissait de jour en jour, était de moins en moins attirée. Elle désirait tout de même aller jusqu'au bout. Elle avait tout misé sur cette conquête. Une simple aventure pour concrétiser et ainsi garder sa fierté intacte. Face à une telle passivité, elle se devait de prendre les choses en mains. Elle invita Tonino chez elle pour un apéro dînatoire.

Elle accueillit un invité radieux ! Il offrit à son hôte un superbe bouquet de roses jaunes mais resta très secret en conservant précieusement une grande enveloppe. Il avoua malgré tout que ce pli contenait une surprise.

Pendant toute la soirée nos deux larrons jouèrent au chat et à la souris. Toutes les avances de cette charmante femme vêtue pour l'occasion s'avérèrent inutiles. Tel un matador, il esquivait toutes les attaques avec un aplomb incroyable. L'alcool aidant, la parole se libéra, les gestes maladroits n'eurent plus leur maîtrise habituelle. Ils étaient maintenant allongés pêle-mêle tous les deux sur ce sofa rouge de honte mais ce brave homme tenait toujours bon !

> – Tonino... ça me dit quelque chose... C'est vieux, je ne m'en souviens pas trop...
> – Cindy aussi, mais moi je m'en souviens très bien !

Cindy venait de s'endormir sur le canapé. Tonino la regarda. Il la trouvait très belle, très sexy. Il avait envie d'elle depuis si longtemps. Il se mordit la lèvre inférieure et se retira sans faire de bruit en laissant en évidence l'enveloppe surprise.

Le réveil de Cindy fut très difficile. Après deux bons cafés bien corsés elle ouvrit l'enveloppe. Une photo. Une photo de classe. 3^{e}II !
Deux visages entourés au feutre rouge. Le sien au centre de la photo et en haut, à droite, un peu à l'écart, un ado de 15 ans, look décontracté voire négligé, en survêtement, les cheveux coupés en brosse et cette paire de lunettes qui lui mangeait le visage.
Les souvenirs affluèrent tous en même temps. Elle reconnut ce jeunot très timide, mal dans sa peau, pas très beau et qui était amoureux d'elle. Qu'est-ce qu'elle avait pu se moquer de lui avec ses copines ! Des parties de rigolade ! Et ce pari idiot qu'elle avait raté : un flirt avec lui. Même résumé à un simple baiser, au tout dernier moment, elle n'avait pas pu !

"<u>La vengeance est un plat </u>

<u>qui se mange froid.</u>"

C'était involontaire!

En admiration devant un tel monument, Pedro n'a jamais voulu se retrouver face à un tel dilemme. C'était involontaire, il le criait mais personne ne semblait le croire !

Ce jeune homme, allure sportive, finit ses études de Droit à la faculté de Bordeaux. Un parcours pratiquement idéal. Bien dans sa tête, il réussit à concilier de brillantes études et une pratique sportive qui le maintient en forme. Il reconnaît avoir hésité à un moment de son adolescence après que certains professionnels du "ballon rond", impressionnés par ses compétences footballistiques, l'aient contacté en lui faisant miroiter une carrière assurée.

Très pragmatique, il a su analyser avec sérieux ce choix qui lui était proposé. Pourtant depuis son enfance, il croise régulièrement un brillant adolescent qui, comme lui, a des débuts riches d'espoir. Pedro est en admiration devant ce jeune un peu plus âgé que lui. En secret, il collectionne les premiers articles de presse qui louent ses prestations qu'il ne manque pour rien au monde. Ce modèle a pris une autre décision en devenant semi-professionnel et s'oriente tout naturellement vers une carrière professionnelle prometteuse.

Leurs parcours se croisent de temps à autre lors de manifestations ouvertes qui accueillent des amateurs et des professionnels comme des tournois locaux ou la Coupe de France. Ce futur avocat relativise sans problème en se disant qu'ils ne jouent pas dans la même division. De toutes façons, ils n'évoluent pas au même poste puisque le jeune prodige est un talentueux gardien de but aux portes de l'équipe de France alors que lui préfère se dépenser en courant sur le terrain.

Fin dribbleur, il est souvent arrêté brutalement et endosse alors la panoplie du justicier face au gardien. Le scénario est toujours le même. Il s'avance lentement, dépose délicatement le ballon sur la petite tache blanche, à l'intérieur de la surface de réparation, relève la tête et toise froidement le gardien apeuré. On se croirait dans un film de Sergio Leone. La musique d'Ennio Morricone résonne dans sa tête. Il adore ce moment de justice car il s'agit de réparer une faute commise.

D'habitude très adroit et agile, notre héros vient de s'étaler de manière inexplicable devant le but adverse à l'intérieur de cette zone critique. Troublé, l'arbitre a siffle un penalty très généreux à la surprise générale. Pedro est hué copieusement. Tout le monde pense que cette chute est volontaire. Qu'il s'agit d'une simulation comme on en voit de plus en plus sur les terrains. Lui seul sait que personne n'a provoqué cette chute sinon un terrain quelque peu endommagé par la fréquence trop importante des matches incessants. Il s'en défend mais rien n'y fait !

Désigné, comme il l'est à chaque fois dans ces circonstances, pour tirer ce penalty, Pedro vit très mal ce moment.

Cette fois-ci, c'est lui qui perd tous ses moyens face au regard glacial de son idole qui pense qu'il a simulé cette faute pour obtenir ce coup de pied réparateur injustifié.

Il est pétrifié !

L'arbitre s'approche en lui demandant de se presser un peu :

— Allez, on a assez perdu de temps comme ça !

Deux pas d'élan suffisent...

Que sont-ils devenus?

Je retourne dans cette cité où j'ai vécu, ça fait un bail... Trente ans déjà ! Tout a changé dans le quartier. L'immeuble où j'habitais a disparu. La "barre" comme on disait, a été remplacée par un espace vert.

Assis sur un banc, une canne à la main, un vieil homme m'a vu arriver. Il me dévisage comme si je venais de cambrioler une banque. C'est incroyable, je le reconnais! Ce malade, un ex-légionnaire qui habitait au rez de chaussée, si je me souviens bien. Combien de fois, m'a-t-il traqué croyant que je chouravais dans les caves ? Le soir, armé de son beretta, sa cible devenait un peu plus bronzée !

Je m'approche lentement, sait-on jamais, pour lui parler. Il me dit qu'il me reconnaît. Je ne suis pas si sûr que ça car il était un peu givré mais bon. Il me parle du cadre dynamique du premier qui n'aimait pas les enfants. Il a l'adresse si je veux le rencontrer, il n'habite pas loin et je peux le voir maintenant car il vient de sortir de prison. Il était devenu tellement riche qu'ils se sont rendus compte qu'il fraudait, ce con !

L'atmosphère se détend quand il me parle de la bande d'allumés du deuxième qui écoutaient de la musique à longueur de journée mais ne payaient jamais leur loyer. Il rigole aujourd'hui car autrefois, c'était souvent lui qui, furax, appelait la police quand il y avait un boucan d'enfer. Le chômeur l'est toujours, il le rencontre quelquefois. Il fait quelques petits boulots pour subsister. Les deux autres, l'instit et la nana se seraient mariés. Je lui dis que ça, je le sais car la nana, c'est ma sœur !

Je découvre ce bonhomme qui était infréquentable car tout seul, agressif et rejeté par tout le monde. Il s'est assagi semble-t-il en vieillissant.

Il éclate de rire en me parlant de la connasse du troisième qui allumait tout le quartier. Elle n'a jamais pu garder un mec et pourtant la liste était longue. Elle n'a pas eu d'enfants mais ça, elle n'en voulait pas. Elle a quitté son boulot dans la pub pour créer un magazine de voyeurs comme il dit. Un des plus connus en France. Le scandale; elle connaît !

Il garde une grosse rancune pour le communiste du quatrième avec sa pétition pour le Chili et ses graffitis dans la cage d'escalier. Il serait maintenant patron et plus souvent convoqué par le Conseil de prud'hommes que présent dans son entreprise. Le flic bénéficie maintenant d'une retraite bien méritée, le loubard, lui, serait devenu flic et le romantique a fait carrière dans l'armée. Un monde qui marche sur la tête, quoi !

L'ancien combattant est décédé depuis bien longtemps, il ne s'en souvient plus vraiment.

C'est moi qui lui apprends que j'habitais au septième comme le ciel et que j'avais une liaison avec la môme Germaine du huitième. C'est vrai que je disais: "Le hasch, elle aime!". Je me suis marié avec pour lui faire plein d'enfants comme dans nos rêves.

Je lui avoue que le graffiti "Mort aux cons" dans la cage d'escalier, c'était moi qui l'avais écrit !

Rendez-vous entre amis

Antoine réunit ses anciens amis. Unis, à l'époque comme les cinq doigts de la main, cette image avait influencé l'attribution des surnoms. Antoine, plus grand, plus âgé que les autres, était le majeur car il était le premier à atteindre l'âge de la majorité.

"Pous" pour pouce , "Dex" pour index , "Maj" pour majeur, "Nuly" pour annulaire, "Aury" pour auriculaire étaient devenus leurs surnoms pendant de longues années.

Ils se retrouvent dix ans après à la demande de notre héros qui n'a jamais accepté la responsabilité d'une arnaque.

Maj : On se retrouve tous là dix ans après. Je vous remercie d'être venus.

Nous nous sommes connus au collège et, dès le début, une complicité à toute épreuve a scellé notre amitié. Nous avons fait les quatre cents coups ensemble. Oui "ensemble" à l'époque avait du sens entre nous. Comment tout ça a pu ainsi se dégrader ?

Dex : Tu nous réunis là pour nous faire la morale. Mais tu te prends pour qui ?

Maj : Il n'est pas surprenant que ce soit toi, Dex, qui l'ouvres en premier. Quand je parlais des doigts de la main, tu as toujours été l'index ! Non, pas celui qui montre le chemin mais celui qui désigne un coupable de peur que ce soit toi ! Tu le fais encore, tu n'as pas changé !

Je reprends, ça s'est dégradé quand on a pris une colocation pour nos études à Paris. Bien sûr, il fallait qu'on soit ensemble... La grande famille ! Je reconnais que c'est moi qui l'ai trouvé, cet ignoble appart. À Paris, pour cinq, chacun de vous a essayé et personne n'a réussi à dénicher ce lieu qui aurait dû accueillir la bande de bons copains que nous étions à l'époque.

Je ne savais pas qu'on se faisait avoir. Nous en avions longuement parlé, discuté, l'expert en économie que je nommerai pas a fait tous les calculs. Tout était nickel sauf qu'il avait oublié de compter l'électricité pour nous éclairer, alimenter tous les appareils électriques et surtout le chauffage dans un appart immense pratiquement pas isolé !

Pous : Tu parles de moi, bien sûr ! Je sais je suis le pouce car je suis toujours d'accord. Je ne prends jamais de responsabilité. Mais tout le monde ici, était OK ! Les chiffres, c'est mon truc mais pas l'électricité et surtout le chauffage car c'est ça qui nous a mis dedans !

Aury : Là, c'est pour ma pomme ! Normal, je suis l'auriculaire qui se gratte l'oreille sans jamais rien faire. Étudiant ingénieur, j'étais loin de tout dominer, comme vous d'ailleurs !

Dex : Faut dire la vérité ! C'est quand même toi, Nuly, l'éternel amoureux, qui nous a imposé ta nana. C'était la femme de ta vie ! Elle nous a mis un bazar monstre.

Nuly : Ben voyons ! Sans cesse le même reproche : l'éternel amoureux toujours prêt à se marier ! J'en ai entendu des blagues pourries. Quand nous étions avec ma copine ; "Une verveine et au lit, les deux vieux !". Une finesse inouïe !

Maj : Désolé de reprends la parole mais on s'égare. Vous disiez tous que j'étais le responsable de l'arnaque qui a fait qu'on n'a jamais pu finir la première année. On était tous dans la même galère... Une arnaque, c'est pas ça !

Je vais vous en faire la démonstration. Posons tous un billet de cent euros, là, au centre de la table !

Surpris tous les autres se regardent, se méfient. Il s'agit d'une démonstration. C'est vrai que Maj a toujours été réglo. Lentement, le tas des cinq billets se constitue.

Maj (s'adressant à Dex) : Donne-moi un nombre entre 0 et 9 !

Dex : Pourquoi moi ?.. Y'a un piège... Tu pensais que je dirais le maximum et ben non. Je dis : "8" !

Maj : M'étonne pas de toi. Pourquoi pas le plus grand nombre. Manque d'ambition tout ça. Psitt !!!

Nuly : Te connaissant, le piège est dans l'autre sens... Demi-tour, je propose : "0" !

Maj : Le seul chiffre qui ressemble à un anneau. Tu me feras toujours rire !

Pous : C'est trop simple ! Il va falloir s'en rapprocher... C'est évident, pour moi ce sera : "5"

Maj : Dans la famille "Je me mouille pas", demandez le pouce !

Aury : Aucune logique dans ce jeu à la con. Au hasard : "3"

Maj (d'un air triomphant) : "9" ! Vous avez tous perdu !

Il ramasse le tas de billets qu'il met dans sa poche en leur promettant de ne jamais le leur rendre !

Dex : C'est de l'arnaque !

Maj : Bingo !

Pous : Si on avait dit le maximum: "9" ?

Maj : J'aurais dit n'importe quel autre nombre. C'est une arnaque ! Comment avez-vous pu accepter de jouer à un jeu sans en connaître les règles ? Ahurissant ! La règle, je l'invente à la fin et vous êtes tous perdants. Bye !

Dex : Prétentieux ! Toi, tu étais le "Majeur", pourquoi ? Tu te prends pour le plus grand d'entre nous ? Le meilleur ?

Maj : Non, mais vous m'avez sali. C'est la première et la dernière fois que je suis l'auteur d'une arnaque. Une arnaque, c'est grave, très grave ! Tout le monde peut en être victime même des gens intelligents comme vous. La preuve !

Avant de leur tourner le dos pour sortir de la salle, il leur délivre, en utilisant le majeur comme il se doit, un magistral doigt d'honneur.

Ils ne se reverront plus jamais !

Il te manque une case !

On me demande souvent d'où vient mon pseudo !
Un p'tit texte pour vous expliquer tout ça !

Qui n'a pas vécu cette expérience qui exige qu'on se présente en quelques secondes, une minute tout au plus, figé devant l'écran, face à une petite fenêtre, afin d'être reconnu aisément lors de nos pérégrinations futures?

Ce jour-là, accompagné de mon épouse, je dois m'exécuter. Il faut absolument que je sois objectif. La situation ne peut être embellie, elle me connaît si bien. Pas de portrait volontairement noirci, elle ne l'accepterait pas. Dans d'autres circonstances, un léger mensonge pour la bonne cause suffirait mais là, je ne peux pas. Elle est là!

Elle écrit depuis longtemps, des nouvelles qu'elle stocke secrètement. Elle concède qu'elle les publiera un jour, peut-être. Je n'en ai lu que deux. Une très belle écriture mais pour elle, c'est un exutoire d'une violence inouïe! Le contraire de ce qu'elle est dans la vie où elle incarne douceur et gentillesse.
Je suis tout l'inverse. Après avoir rédigé des projets, des rapports ou autres commentaires, je débute dans l'écriture. Je nourrissais ce rêve depuis longtemps. Je me lance en toute modestie. Les quelques nouvelles écrites démontrent une surprenante sensibilité à la limite de la sensiblerie contrastant avec un caractère bien trempé.

Si je me retrouve dans cette position inconfortable, c'est à cause d'elle. Si elle ne m'a pas forcé à effectuer cette démarche, elle y est pour beaucoup!

Pour participer avec elle à un concours sur le thème de l'espoir, je me suis lancé. J'y ai pris goût. Quelques textes ont suivi dans la foulée. Tout naturellement, je suis parti à la recherche d'un site susceptible d'accueillir mes productions. J'avais envie d'avoir un retour, des avis.

Je trouve semble-t-il la perle rare. Un site clair et agréable! J'erre dans les méandres de ce site comme un voyeur. Je lis quelques œuvres. Je joue au pro en imaginant quelques commentaires. Je relativise mes compétences dans ce domaine en découvrant quelques joyaux. Pas grave, l'essentiel est de participer! Très rapidement, j'ai envie de faire partie de l'équipe. "Espace Auteur/Accéder à ma page/Je veux créer un compte." Nous y sommes. Un regard interrogateur en direction de ma complice.

 – Ah!.. Un pseudo !
 – Oui mon chéri, il faut résumer en un mot tout ce que tu es. Tout un programme!

Je réfléchis, repasse en revue tous les pseudos jusqu'ici trouvés, choisis ou même abandonnés ces dernières années. Aucun ne convient et puis il m'en faut un nouveau, un tout neuf pour un intérêt naissant.

 – Procède par catégorie toi qui es si logique en général !
 – Tu as raison ! Ai-je envie qu'on ne sache pas si un homme ou une femme se cache derrière ce sobriquet ambigu ?
 – À mon avis, te connaissant, les femmes vont le deviner très vite! En plus, ça ne te correspond pas. Te cacher derrière un doute, ce n'est pas toi. Un surnom qui se

voudrait énigmatique ou mystérieux ne te ressemble pas non plus. Ça jurerait avec ton côté souvent un peu trop direct et parfois maladroit.

- Avec une région ou l'une de ses spécialités, on aurait le choix: Périgord, Provence, Edelweiss, Savoyard, Solognot, Parigot...
- C'est trop impersonnel !
- Une passion. Ça peut résumer qui on est. Non ?
- Oui mais tu sais bien que ta passion, c'est moi !
- Je ne suis pas de ceux qui se font tatouer le nom de leur amoureuse et ainsi gardent cette trace indélébile comme un boulet toute leur vie pour une amourette éphémère.
- Même pas le prénom de tes enfants ?
- Certainement pas! Pourquoi pas le nom du chien, du chat ou du canari ?
- Parce qu'on en a pas mon chéri. Parce que tu ne veux pas encombrer ton quotidien comme tu dis ou tes petits plaisirs personnels comme on le pense tous !
- On ne va pas se fâcher pour un blaze! C'est la première fois que je passe autant de temps pour remplir une case. En général, je regarde autour de moi, je choisis au hasard je mets le premier mot qui me vient à l'esprit et c'est bon! À la limite, j'examine le dernier événement encore en mémoire.
- Bien ! Sers-toi de ce qui t'entoure alors. Regarde en face de toi. Qu'est-ce que tu vois ?

Sans me demander mon avis, singulièrement agacée, elle s'empare du clavier pour le déposer face à elle et écrit: "azertyuiop".
Ces hésitations commencent à m'énerver. Je décide de continuer à remplir le bulletin d'inscription. Je reviendrai sur ce

champ , sur cet élément qui me pose tant de problèmes.

- Il te manque une case !
- Je sais, ça fait tellement longtemps que tu le dis. Je reviendrai sur cette foutue case.

Mail/Mot de passe/Confirmation mot de passe". Tout s'enchaîne à merveille et retour à la case départ. Le problème reste entier !
Il serait trop simple de choisir l'association prénom et nom. La solution saute aux yeux: le diminutif ! J'en ai un depuis des années. Il est souvent utilisé par mes amis intimes, par les gens qui m'aiment bien. Je le tape fièrement. Enfin !

Elle reprend le clavier et insère le sien, juste avant le mien. Un pseudonyme regroupant nos deux diminutifs. Ça fait bizarre ! Avant que j'ai eu le temps de réagir, elle clique sur la touche '"Créer un compte" pour valider l'inscription.

Bonjour monsieur

"BONJOUR MONSIEUR" cette expression qui lui faisait si mal!

Quand il venait la voir, ces mots l'accueillaient et le mettaient immédiatement dans la situation. Deux heures au cours desquelles ils revivaient des moments lointains. Elle se souvenait très bien des moindres détails. Puis elle changeait de conversation et ils étaient repartis dans un autre lieu, un autre jour.

Il essayait vainement de la ramener à la réalité du moment, de lui préciser la date du jour. Elle lui répondait toujours la même chose:

- Non, déjà? Ce n'est pas possible !
- Perturbée, il fallait reprendre depuis le début.
- C'est moi. Tu me reconnais?
- Oui bien sûr, mais c'est quoi votre nom?

Il était alors reparti dans une explication qu'elle ne pouvait pas comprendre mais qui le rassurait, lui. Il se présentait à nouveau. Dans le meilleur des cas, elle répétait son prénom en lui donnant l'impression, cette fois-ci, de le reconnaître.

- Tu veux un café ?
- Tu ne peux pas m'en faire, tu es dans une chambre, à l'hôpital.
- Tu plaisantes, regarde la cafetière est là. Je peux t'en faire un si tu veux.

Il abandonnait! C'était trop dur! Dur pour lui car les moments

63

de lucidité semblaient avoir totalement disparu.

Le moment le plus agréable était quand ils allaient faire une petite balade dans le parc. Elle était accrochée à son bras. Toujours alerte, elle se déplaçait encore très facilement. Sans surveillance, elle était capable de partir à l'aventure, sans repère, sans but.

Assis sur un banc, quand il faisait beau, ils ne se disaient plus rien. Ils étaient bien !

    –   Ça se rafraîchit, on rentre ? Je vais te faire un café.
    –   Si tu veux !

Il la ramenait dans la grande salle. La télé hurlait! Elle reprenait sa place. Un boléro enfilé à l'envers, attaché dans le dos et au dossier de sa chaise. Une entrave à tout déplacement. C'était le moment du départ.

    –   Passe une bonne soirée, maman, je reviens dans deux jours.

Plus de réponse...

Seconde chance

Même son "prix" est affiché : 3 500 dollars (2 600 euros) de frais d'agence, plus 200 dollars d'enregistrement et de 1 500 à 2 500 pour les avocats. Le tout déductible d'impôts, précise l'annonce.

La responsable du programme "Second Chance" de cette agence privée assure qu'il s'agit là d'une contribution humanitaire. Elle ajoute que ce programme ne leur rapporte pas d'argent, que les frais couvrent à peine le travail de sélection et qu'elle passe de longues heures en conférence téléphonique. Chaque placement lui prend entre quelques semaines et plusieurs mois.

Un spécialiste américain qui préfère rester anonyme sur ce dossier trop sensible, confirme qu'il y a un vrai besoin en précisant qu'il n'est pas question ici de simples caprices de parents qui n'en peuvent plus parce que le petit ne fait pas ses devoirs. Il s'agit souvent d'enfants vraiment très troublés, qui vont faire du mal à leurs frères et sœurs ou brûler la maison. Les plus jeunes et les moins troublés partent plus vite.

Ces placements de seconde main répondent à un vrai "besoin"! Tout cela est très douloureux, pour les enfants et les familles qui doivent se séparer. Il aurait souvent les parents en pleurs au téléphone. Des parents adoptifs qui pensaient que tout serait merveilleux pour eux comme pour le petit.
Sur les forums américains spécialisés, on trouve aussi de nombreux témoignages:

« Je n'arrive pas à m'attacher à eux », racontait la maman de deux enfants de 5 et 6 ans adoptés à leur naissance et dont elle envisageait de se séparer.

« J'aimerais vraiment pouvoir les aimer comme mes enfants biologiques mais je ne crois pas que je le pourrai. »

Des dizaines d'autres enfants aux États-Unis sont sur le marché de "seconde main": le "rehoming" disent les Américains, même si le terme est controversé, le mot étant plus souvent employé pour les animaux. Comme sur un vrai marché d'occasion, les prix sont aussi cassés, ces enfants changent de parents pour quelques centaines de dollars parfois même gratuitement.

Même les expressions "seconde chance" ou "seconde main" ne sont plus appropriés puisqu'il peut y avoir une troisième, une quatrième... Ces enfants passent de famille en famille. Sollicités pour combler un manque, ils sont revendus, échangés voire donnés quand ils ne font plus... affaire!

Abandonnés par leurs parents adoptifs, des centaines d'enfants se retrouvent "en vente" sur Internet. Le "rehoming" est un business chapeauté par des agences privées, hors de tout contrôle.

Kevin sourit sur la photo. Il a 10 ans, le regard malicieux et une passion pour le jardinage. « Il n'a pas été diagnostiqué hyperactif et ne prend pas de médicaments. Il est capable de bien se concentrer et il adore faire des puzzles » explique la page Facebook qui le présente.

Ce texte est un assemblage de passages copiés-collés ou adaptés dans le seul but d'informer, de dénoncer ce qui se déroule à nos portes!

Parenthèse fleurie

Un petit texte sans prétention, de longueur variable pouvant être "nouvelle courte" ou "poésie" vous délivre tout à la fin, la plupart du temps phonétiquement, en clin d'œil, le nom d'une fleur ou d'une plante décorative (à fleurs)...
Venez les découvrir, des parfums très différents les uns des autres !

Au musée

Dans un musée, une statue...
Un nu comme on en voit tant.
"Bien belle, cette oeuvre d'art !"
Se disaient les visiteurs s'arrêtant bien volontiers
Pour admirer cette plastique !
Timide, gesticulant comme à son habitude,
Un mime rôdait autour de cette merveille
S'approchant pour, aussitôt, s'en éloigner.
Hésitant, craignant qu'on ne le jugeât.
Plus personne !.. Enfin, il se précipita
Pour poser délicatement une main gantée
Sur le séant généreux de cette dame
Qui, face à de telles avances, resta de marbre.
Enfin, le mime osa !

Conscience

"Et qu'on eut sur son front fermé le souterrain,

L'oeil était dans la tombe et regardait Caïn."

écrivait Victor Hugo sur notre conscience.

La légende ne dit point qu'un jour,

une plante poussa et sortit de terre.

Une superbe fleur !

Un badaud s'en approcha et la détailla...

Il se rendit vite à l'évidence et s'exclama :

"L'oeil y est !"

https://fr.wikipedia.org/wiki/%C5%92illet

Que d'eau !

Les frères lumière à l'origine de ce gag célèbre.

Qui ne connait pas ?

Un jardinier travaille dans son jardin.

Un gamin espiègle écrase le tuyau d'arrosage.

Surpris l'homme, pensant qu'il est bouché

Regarde le bec du tuyau...

Le chenapan retire alors son pied

Et le jardinier est aspergé !!!

Fâché, il court après le jeune garçon...

Il finit par l'attraper et à son tour,

L'arrose !

https://fr.wikipedia.org/wiki/Rose_(fleur)

La main verte

Chez un botaniste célèbre, Thérèse faisait ses premiers pas entourée de plantes et de fleurs aussi belles qu'elle.

Ce vieux séducteur, à l'oeil encore très clair, remarqua très rapidement sa beauté.

- Nous nous ressemblons tous les deux ma belle !

- Comment cela ?

- Vous êtes une merveille et moi plutôt une vermeille !

- Touchée en ce qui me concerne. Mais que cette fleur est belle et odorante !

- Savez-vous, Thérèse, que Louis Aragon associa cette fleur à la rose dans un de ses poèmes en 1943 ?

- Cette plante évoque la mélancolie et son vert est la nuance de peinture du dôme du Grand Palais de Paris.

- C'est aussi un prénom révolutionnaire, présent dans le calendrier républicain, et très rare.

Notre spécialiste était réellement sous le charme de cette assistante aussi ravissante qu'érudite . La partie de ping-pong s'interrompit quand il fallut entreprendre de ranger le matériel pour la nuit. La tâche s'annonçait rude ! Il lui offrit quelques exemplaires de ces fleurs et non des moindres.

- Désormais, tu pourras dire que ce sont les tiennes !

Thérèse aida !

https://fr.wikipedia.org/wiki/R%C3%A9s%C3%A9da

Le disparu des champs

Il y a bien longtemps, quand les animaux de la basse cour profitaient naturellement de l'extérieur, les poules, les canards, les oies côtoyaient au jour le jour deux ou trois cochons qui, avant de se rouler dans la boue, exposaient cette belle couleur rose.

Dans cette ferme, trônait au beau milieu de la cour, un superbe tas de fumier bien odorant, sur lequel le coq, un superbe coq gaulois, était régulièrement juché. Si très tôt le matin, il réveillait tous les habitants des environs, il lui arrivait de pousser, de manière surprenante, son cri dans la journée. Un cocorico bizarre, un peu enroué, éraillé, pas assez articulé !

Une fillette décida de lui apprendre à lire pensant qu'ainsi, il prononcerait mieux. Elle dénicha dans le grenier, un tableau sur pieds dont elle ne se servait plus. La boîte de craies n'était pas loin.

Tous les jours, à la même heure, la même scène se reproduisait. De bouche à oreille, cette plaisanterie devint l'attraction du village. Le coq fixait ce tableau sur lequel la petite Juliette avait écrit en gros caractère la première syllabe du cri du coq.

Un jour plus motivé, semble-t-il, il se lança. Tout le monde, animaux compris, n'en revenait pas et répétait sans cesse:

"Le coq lit co !"

https://fr.wikipedia.org/wiki/Coquelicot

Boule de pain

Dans cette famille écolo, cinq personnes : le père, la mère et trois enfants, vivaient en belle harmonie.

A chaque repas, un aliment indispensable trônait sur la table: le pain ! Ce délice pour toute la famille était "fait maison" comme la plupart des plats consommés par des amoureux de la nature, très soucieux de l'hygiène alimentaire. Le père, pour qui le pain était le symbole du travail, du labeur, avait pour habitude de le rompre et d'en faire la distribution au début de chaque repas. Une coutume !

Être invités par les Chopin était un plaisir culinaire et culturel indéniable !

Une matinée un peu mouvementée, une maman absente exceptionnellement et, au moment de mettre la table, un constat dramatique : pas de pain !

Pour une fois, ils mangeraient le pain du boulanger du coin. Le plus petit fut chargé de cette tâche ingrate. La boulangère qui connaissait la famille, fut surprise de voir entrer le petit Arthur. Désolée, elle lui fit remarquer qu'il ne lui restait plus de pain à l'exception de celui-ci à la farine de maïs. Elle rassura le petit bonhomme catastrophé, en lui expliquant que ce pain, même avec cette forme, avait des vertus insoupçonnées.

C'est la tête baissée, qu'il déposa sa trouvaille au centre de la table où le couvert était déjà mis. Tout le monde s'installa avant que le père, fidèle à son habitude, fit la distribution symbolique.

Le petit Arthur fondit alors en larmes en balbutiant:

"La mie est jaune !.."

https://fr.wikipedia.org/wiki/Lamier_jaune

La mare

Jeanne, une personne âgée d'un charmant petit village, faisait la joie de tous les enfants qui avaient le bonheur de la côtoyer. Toujours un petit mot choisi, un présent qu'elle offrait bien volontiers.

Son problème était l'agoraphobie qui limitait tout rassemblement autour d'elle. Elle ne rencontrait les gens pratiquement qu'en aparté. Elle débordait alors de gentillesse et de prévenance.

Les gens l'adoraient mais elle disparaissait très rapidement sans qu'on s'en aperçoive dès que le groupe autour d'elle prenait du volume.

Elle avait confié un jour qu'elle souffrait également de claustrophobie. Ces deux maladies avaient conditionné une vie faite de délicatesse, de prudence et de fragilité.

Un jour qu'elle faisait sa marche quotidienne, en ayant pris soin d'observer les alentours avant de s'aventurer à l'extérieur, elle passa près de cette mare qui avait si mauvaise réputation ! Des trous énormes au fond de cette étendue d'eau la rendaient très dangereuse.

Elle aperçut la petite Louise qui jouait calmement au bord. Elles se croisaient souvent toutes les deux. Jeanne aimait beaucoup cette petite fille élevée par sa tante depuis trois ans. Elle avait perdu ses parents dans un tragique accident de voiture.

Jeanne ne s'était jamais mariée et n'avait, à son grand désespoir, jamais eu d'enfant...

Des cris la firent revenir très rapidement vers cette maudite mare où elle trouva Louise au beau milieu de l'eau !

Sans réfléchir, elle se précipita vers Louise qui s'affolait et criait. Toutes proches l'une de l'autre, Louise se jeta sur Jeanne en l'enlaçant fermement. Une image surréaliste : Jeanne, sereine, rassurant la petite Louise dans ses bras au centre de cette mare ! Elle n'avait pu amorcer aucun geste que , des bras de Louise, elle était... déjà ceinte !

https://fr.wiktionary.org/wiki/jacinthe

La bonne note

Zot est un chanteur exceptionnel qui a su conserver le registre aigu de sa voix enfantine tout en bénéficiant du volume sonore d'un adulte qu'il est devenu. Zot est un contre ténor !

Les qualités de sa voix, son agilité, son volume, sa vélocité, il les doit à un travail de tous les instants. Des exercices d'entraînement occupent une grande partie de sa journée.

Les spécialistes reconnaissent une tessiture extraordinaire qui lui permet d'aller flirter avec un grand nombre de « notes exceptionnelles », dans l'aigu ou dans le grave...

Depuis quelques jours, un "mi" ne passe plus. Son entourage s'inquiète. Un concert avançant à grands pas augmente la pression qui ne fait qu'empirer le phénomène.

Mis au repos quelques jours, ses proches s'activent, recherchant la solution susceptible de le sortir de cette situation catastrophique. Les dernières journées, les dernières semaines sont passées au peigne fin quand un événement normal remonte à la surface.

Tout est mis en place pour ce rendez-vous musical. Un petit coup d'œil en coulisse, elle est là ! Le concert commence et quand il arrive à ce moment crucial, il s'envole et ainsi...

ce mi haut zot hisse !!!

https://fr.wikipedia.org/wiki/Myosotis

Surprise

Un bel oiseau tout gris survole à plusieurs reprises un beau petit jardin entretenu certes mais tout en préservant son état naturel. Ce lieu a l'air bien sympathique se dit-il en se posant sur une branche du seul arbre présent.

Une atmosphère sereine enveloppe ce lieu si particulier. Une petite maisonnette dans l'angle de la propriété s'harmonise à merveille avec cette verdure. Une fenêtre s'ouvre en douceur et le buste d'une grand-mère apparaît. Immédiatement repéré notre visiteur bénéficie d'un petit signe amical. Décidément, un vrai paradis ce jardinet.

Sur le toit de cette fermette, trône un nid de cigognes apparemment déserté. Il court y faire un tour mais déçu, revient sur sa branche. Il est vraiment trop vaste. Il repère alors un nid d'hirondelles, cette fois-ci occupé.

Un vent léger balaie ce paradis en berçant une balançoire sur laquelle un lapin vient de passer la nuit. Quel endroit insolite se dit-il. Sa décision est prise, il passera quelques jours dans ce enclos si plaisant.

Après un séjour bien agréable et avant son départ, il apprendra qu'il s'agit du si célèbre « Jardin de Mémé ». Ce fut un honneur se dit-il en s'envolant pour d'autres aventures qu'il espère aussi charmantes.

Quelques semaines plus tard, la famille hirondelle s'agite quelque peu. Elle vient de s'agrandir. Les va-et-vient incessants pour nourrir cette belle descendance anime bien agréablement l'espace vert de Mémé qui est ravie. Encore grand-mère se dit-elle !

Le moment crucial arrive. Il va falloir penser à prendre son envol mais un cri surprend toute la maisonnée : "Coucou !"

https://fr.wikipedia.org/wiki/Coucou_(plante)

Quel bouquet !

Aujourd'hui, le petit Paul va rendre visite à son grand-père comme il le fait chaque week-end. Cette rencontre hebdomadaire qui se déroule dans le jardin familial, est toujours un ravissement car ils ne sont que tous les deux. Une vraie complicité !

Il a bien compris, avec les conseil de l'expert, que chaque saison a son charme. Quand, il pleut, c'est recouverts d'un ciré avec sa capuche et chaussés d'une paire de bottes en caoutchouc, qu'ils affrontent vaillamment les intempéries.

- Quand il pleut, Papy dit toujours que c'est sa faute. Comme il a mal réglé l'arrosage et qu'il faut absolument arroser les plantes, et bien, on l'est aussi. Sacré Papy !

En ce moment, le jardin est plus triste. Les fleurs sont parties et on retourne un peu la terre pour semer ou planter. Au début je me demandais pourquoi il faisait ça, c'est moins beau et surtout plus fatigant !

Il m'a tout expliqué et j'ai tout compris !

Il m'a affirmé que tout ce qu'on a semé ou planté, donnera plein de couleurs, des taches de couleurs, de plus en plus, comme si on avait fait un dessin ou un bouquet.

Il a même prononcé un mot que je ne connaissais pas. J'ai vérifié dans le dictionnaire et bien il existe ce verbe et c'est même une fleur !

Un jour, il m'a pris la main pour me mettre à côté de lui, en regardant son beau jardin et en levant les bras au ciel, il a crié : « Un jour, tout ce monde-là gerbera ! »

https://fr.wikipedia.org/wiki/Gerbera

Homonyme

On dit qu'on peut l'attendre, la donner, la faire, la recevoir ou la rédiger !

Elle peut être adroite, affirmative, ambiguë, attendue, brève, catégorique, cavalière ou claire !

Si c'est une plante, elle est orthographiée différemment et est alors vivace. Elle appartient à la famille des Campanulacées.

Là, je crois que vous avez :

La Raiponce

https://fr.wikipedia.org/wiki/Raiponce_(plante)

Quelque part en Armorique

Le Conseil du village vient de se terminer
Quand Assurancetourix accompagné de sa lyre,
fidèle à son habitude, entreprend de chanter.
Capable de déclencher des pluies diluviennes,
Le plus souvent son chant lui vaut de recevoir
des coups sur la tête du forgeron Cétautomatix
et de se voir exclu des nombreux banquets
qu'il passe bâillonné et attaché au pied d'un arbre.
Ce soir, Abraracourcix, le chef du village,
juché sur son bouclier, déclare solennellement :
"Joue Barde !"

Promenade à Paris

Me promenant sur les quais...

En fin de journée, il faisait frais.

Très agréable cette journée !

Par cette chaleur,

Sont bien accueillis tous ces musées.

Un pauvre hère de moi s'approche,

La main tendue trainant une valoche.

La misère, vraiment c'est moche !

Je lui retourne, devant lui, mes poches

Pour lui montrer

Qu'aucun argent malheureusement

Je n'ai !

https://fr.wikipedia.org/wiki/Gen%C3%AAt

Au commissariat

Samedi soir après la fête,

comme des idiots, on avait bu !

Inévitablement quelques malades

Nous emmenèrent finir la nuit

Dans des rues où la misère

Dépose des filles sans vie !

Abordé, par une belle asiatique

Se prénommant Zihn d'après ce que j'appris.

Des policiers passant par là

Nous proposèrent une balade dans un fourgon.

A ma grande surprise au commissariat,

Zihn nia !

https://fr.wikipedia.org/wiki/Zinnia

Défis littéraires

Réponses
à certains défis littéraires
sur des réseaux sociaux
pour auteurs

P.A.T.I.E.N.C.E.

"PATIENCE", le seul Parti Attentiste Totalement Incapable d'Excitation Non Contrôlée Évidemment, vient de se créer !
Oui, nous avons pris tout notre temps puisqu'il est écrit dans nos statues (Non, non pas de faute, inutile de vous exciter en annotant le mot " statues ". Nos statuts n'évoluant que très lentement voire jamais, nous avons, à l'unanimité, décidé d'écrire "statues", certains qu'ils ne bougeront plus !

Notre devise a été empruntée à Jean de la Fontaine :
"Patience et longueur de temps font plus que force ni que rage." Citation célèbre extraite de sa fable :"Le Lion et le Rat"
S'il nous fallait une deuxième devise, ce serait celle-ci : "Dans notre parti, nous ne perdons pas notre temps puisque nous le prenons !"

Découvrir cet écriteau [Patientez !] est pour nous une vraie jubilation ! Nous plaisantons gentiment les gens qui s'agacent inutilement. Nous reconnaissons que parfois, nous traînons un peu plus que de nature, histoire de faire monter la pression.

Notre emblème est un sablier vide couché sur son socle pour imiter le signe de l'infini. L'espace temps est infini chez nous. Si vous voulez vieillir plus vite, allez-y ! Ce sera sans nous ! Nous, nous prenons tout … no … tre... temps.

Dans notre club, nous nous réunissons régulièrement pour jouer à un jeu qui porte le même nom que notre association. Ce jeu qui existe depuis très longtemps, permet également aux solitaires de se faire plaisir ! Même sur les ordinateurs, il y en a plusieurs versions, c'est vous dire !

Nous sommes, évidemment, contre la précocité ! Pour faire quoi ? Pourquoi aller plus vite quand on peut prendre tout son temps, en dégustant chaque moment avec délice. Nous sommes des jouisseurs.

Certains un peu plus vicieux que d'autres, aiment à dire et à prouver que cette philosophie est même plus agréable pour le plaisir de ces dames ! (sourire).

Nous finirons, une fois n'est pas coutume par une citation : "Rien ne sert de courir ; il faut partir à point !" dans "Le Lièvre et la Tortue". Oui, c'est vrai, encore une phrase de Jean de la Fontaine. Je l'avais dit à mon associé mais qu'est-ce qu'il peut être lambin !

Voilà notre portrait culturel car nous, contrairement à certains, nous revendiquons la "culture" sans pour autant, s'arrêter aux trois premières lettres !

En réponse au défi... « Ce fameux a.c.r.o.n.y.m.e. »
Choisir un mot librement et le traiter comme si c'était un acronyme (un mot formé des initiales ou des éléments initiaux de plusieurs mots), en écrivant une histoire sur sa définition, son origine, ses secrets, etc.

Stop ou encore ?

Excellent souvenir d'une émission où vous deviez téléphoner pour dire "Stop !" lorsque vous n'en pouviez plus de cette musique ou "Encore !" pour que cette ritournelle continue de vous tourner tête et cœur. De nos jours, je téléphone souvent, des fois je vote, pour dire "stop" et c'est toujours encore et toujours plus ! De surprises en conneries, tout continue...

Mon métier que je n'exerce plus est en ligne de mire. Il est détruit sournoisement ! Pourquoi ? Je ne comprends plus !
Oui, cette réforme du collège nous surprend tous, professeurs en exercice ou non. L'enseignement du collège, longuement critiqué, est mis symboliquement le premier sur une sellette. Celui du lycée se profile, on le voit, il inquiète, présent, prêt pour être déchu de ses fonctions. Bientôt ! Pourquoi ?

Un peu d'histoire ! Vers le XIIIe siècle environ, une sellette fut un petit siège qui servit pour y poser les prévenus et les interroger longuement. Délibérément grossier et près du sol, pour que les juges de cette honteuse commission puissent dominer les inculpés. Son emploi fut ensuite infirmé, suite logique de cette célèbre Révolution de 1789. L'expression "être sur une sellette" signifie toujours "être exposé, critiqué, jugé". Nous sommes tous concernés puisque nous sommes ciblés, sur cette sellette, professeur ou non !

Stop ou Encore ?.. OK ! On continue !

Que veut-on démontrer, sinon une incompétence du système mis en question, une désuétude des personnes en exercice, l'obsolescence des professionnels eux-mêmes ! Le remède prodigieux ? Des professeurs connectés comme le deviennent de jour en jour, les objets qui nous entourent. L'ordi, le téléphone, le mobile, comme on dit, non contents de l'exécuter pour nous, nous imposeront bientôt cette corvée. Le monde industriel inversé ! Une technologie décideuse et l'exécution notre rôle ! Les élèves le sont bien, eux ! Connectés de tous les côtés, ils ont l'impression de jouer. Le ludique est devenu l'outil le plus insidieux qu'il soit, pour vous suggestionner, pour orienter vos choix. Le jeu, en son temps, eut le même rôle : "Donnez-leur une croûte (ou "miche"... Ce défi me rend fou !) et des jeux" !

Stop ou Encore ?.. OK ! On continue !

Bien entendu, me dit-on, je noircis intentionnellement cette vue d'ensemble ! Il suffit de se renseigner, de lire, presse écrite ou télévisée et même connectée.
Ce qui me gêne le plus, douloureusement, c'est l'écriture, notre expression, notre liberté d'expression. Qu'un robot endosse le rôle de l'expertise de mes écrits, de nos écrits et prenne une décision de rejet ou de consentement, m'indigne infiniment !.. Je dis bien un robot ! On lui donne un nom différent que je ne peux mentionner ici, en ce moment précisément. Une lettre interdite limite mon expression... Encore un clin d'œil sur le défi en vigueur !

Pour mémoire...
En juillet 2014, Quentin PLEPLE d'un site d'édition bien connu, présente son logiciel de présélection des textes sur leur propriété intrinsèque. Ce professionnel insiste rigoureusement : il est hors de question qu'un robot détrône le comité. Mon œil !
En somme, ce robot pointe, sur les textes qu'il découvre, des

séries de critères qui lui permettront de filtrer les textes. Ces choix doivent être confirmés lors de rencontres du comité constitué de personnes physiques. Cette prédiction est un simple outil pour un emploi strictement personnel ! Très bien ! Pourquoi le divulguer sur les ondes ? "On nous prend en plus pour des cons !" eût dit Coluche... Depuis les idées et les événements ont bien évolué et confirment ce qui vient d'être dit!

Stop ou Encore ?.. OK ! On continue !

Toutes ces réformes pour suivre le mouvement, nourrissent une évolution folle. Nos corps ne seront plus que des emboîtements de technologies diverses si nous ne rebiffons point !

Comment et jusqu'où peut-on développer notre mémoire ? Nous projetons toujours et toujours d'intensifier, de développer notre potentiel mémoire. Plus récemment, l'éclosion des théories scientifiques permet de débloquer complètement les limites de notre condition d'homme ou de femme.
Le meilleur moyen de conserver nos souvenirs, d'obtenir une super-mémoire, c'est de confier cette dernière. Le robot est une solution toute trouvée !

Les plus doués se mobilisent pour trouver l'idée du siècle. Celle qui nous donne l'impression de progresser, de se diriger de plus en plus vers le virtuel. Des inventions fleurissent...

Stop ou Encore ?.. OK ! On continue !

Le "life logging" est un micro objectif photo non muni d'interrupteur, fixé sur un vêtement qui mémorise tous les moments d'une vie sur un support numérique qui promet de provoquer d'énormes polémiques sur le respect de notre vie privée.

Le rêve de son inventeur: équiper notre terre entière de cette petite merveille plus discrète encore qu'un "iPod", un clip pour fixer l'engin sur un vêtement ou en collier, qui prend une photo toutes les 30 secondes. Finies les poses, "recule un peu,.. encore,.. non reviens ! ", le sourire sur les lèvres ! Quels moments seront précieux ? Peut-être une rencontre, celle de votre future femme ou être témoin d'un incident ou d'un crime. "Ce sont des scènes que vous voudriez peut-être revoir", suggère-t-il.

Tous les clichés sont triés. Vous pouvez les publier comme vous le désirez. Tout le monde en profite !

Vous créez vous-même votre "Loft Story" pour les vieux ou "Secret Story" pour les plus jeunes. Envie de revendre le clip ? Peine perdue, tout le monde possède le sien. Un troc, peut-être ! Quelle connerie !

Stop ou Encore ?.. OK ! On continue !

Des recherches continuent en secret ! Des réussites confidentielles et quelques données sur des expériences sont soigneusement distillées.

Depuis quelques temps, les ingénieurs d'une entreprise US ont dévoilé une vidéo sur les progrès de leur robot bipède. Cette équipe d'ingénieurs en robotique réussit une évolution hors du commun. Google se procure cette merveille en 2013. Cette vidéo montre le robot évoluer intuitivement sur un secteur très difficile et enneigé, contourner des écueils et se relever tout seul.

Le robot est équipé d'une multitude de détecteurs sensoriels pour se diriger et découvrir les objets utiles. Des moteurs électriques le font fonctionner pour pouvoir évoluer. Il ne s'exprime point ? Soyons zen, c'est pour bientôt, il est en plein progrès, le petit!..

Cette technologie insensée ne rencontre plus de difficulté et progresse plus vite qu'une médecine bosseuse et diligente. Les moyens énormes et les investissements prestigieux sont-ils en congruence entre l'être et son existence ou plutôt entre un robot et cette folie technologique ? Si vous obtenez une réponse, je suis preneur !

Stop ou Encore ?.. OK ! On continue !

De nos jours, internet joue son rôle entre un besoin continu et une évolution technologique évidente. Il représente une culture et fournit une réponse prompte et commode.
Cet outil représente-t-il un réel piège pour le renouvellement de nos professeurs consciencieux ?
Les élèves démunis et perdus constitueront-ils le seul public de cette profession héroïque où les robots forts d'un essor continuel effectueront une relève définitive ?

Que de questions et surtout peu de réponses réelles. Trop de secrets encore bien protégés. Des méthodes existent et nous sont servies comme une soupe ou un remède toujours renouvelés.
Une technique trop souvent usitée : « problème-réflexe-riposte-solution ». On crée un problème, un réflexe prévisible pour susciter une riposte du public qui se contente de ce qu'on lui donne en solution.

Exemple ? Créer une crise économique pour signer un compromis qui entérine le recul des droits et une dissolution des services publics.

Stop ou Encore ?.. OK ! On continue !

Pondre une réforme. Une petite ? Non, une bien grosse qui bouleverse, qui retourne tout sur son chemin. Une conjoncture bien étudiée qui mêle stress, tension et tristesse. Une onde de choc, quoi !
Le réflexe espéré voit le jour. Heureusement tout fut prévu pour provoquer cette objection. Chouette ou bingo, ô choix !
Une belle riposte prend corps. Elle enfle, elle gonfle, elle gronde !!! " 68 " recommence. "Sous le bitume, une grève !" puis "Tous en grève !"
De compromis en compromis, tout se dégonfle ... tout se remet en ordre... Sempiternelle rentrée … et les ennuis commencent. Tiens, plus de télé pour nos difficultés !

Des chroniqueurs s'exprimeront sur cette rentrée édulcorée. L'éternel étonnement du nombre d'heures des professeurs en présence des élèves. Comment ? Pourquoi si peu ? Une profession qui en prend un bon coup derrière les étiquettes ! No comment...
Si ! On oublie intentionnellement ceci :

- Confection des cours, plus éventuellement recherches sur internet. C'est récent, commode et bouffe-temps !
- Cours en présence des élèves. Sont mignons ces chérubins !
- Corrections des copies ou livrets. Une vie chez-soi qui en prend un coup !

- "Re-internet" pour rentrer les listes de devoirs et les notes !
- Conférence et entretien entre profs. Rien de neuf ! Si, si, on en remet une bonne couche !
- Compte-rendu vers le chef de l'école, du collège ou du lycée, vers l'inspection et/ou ministère. Rien de neuf ! Si, si, on en remet une bonne couche (bis) !
- Vieux conseil : Prenez un logement proche de l'école, du collège ou du lycée pour limiter les kilomètres !
  Conseil récent : Que nenni, on vous impose des kilomètres en plus entre vos divers lieux d'intervention. L'ère du morcellement, de quoi devenir fou !

Une seule question qui me brûle les lèvres : Nombre d'heures en présence des élèves, c'est où sur cette longue liste ?

Conclusion : Un super métier qu'il est bon de défendre pour ce simple et unique bon sens : il est l'école de notre vie !
Je ne peux penser qu'il s'éteigne pour qu'une simple évolution technologique révolutionne un dévouement de tous les moments. Sinon, les injustices prendront le pouvoir...
Snif !

En réponse au défi... Le lipogramme... du A !

"Une seule lettre vous manque et tout est dépeuplé". Pour ce défi, je vous propose un grand classique des défis Oulipiens : le lipogramme... du A ! Il s'agit donc d'écrire une histoire sans utiliser une seule fois la lettre "a", la deuxième lettre la plus utilisée en français après le "e". Saurez-vous relever ce défi ?

Course folle

Greg entre sur la scène, majestueux. Son acolyte Sarah, une belle femme aux formes avantageuses le débarrasse de son somptueux haut-de-forme. Même sans cet apparat, ce bellâtre garde sa superbe. Tous les regards vont de l'un à l'autre sur la scène. Une atmosphère fantasque remplace lentement ce tableau enchanteur.

Le numéro a déjà commencé ; dès leur entrée sur le plateau, nos sens ont été capturés. Leur apparence est celle de deux démons!
Un spectateur est encouragé à monter sur la scène pour collaborer au show ! Ses jambes tremblent. Avançant au radar, cette senteur d'encens l'ébranle totalement...
Le règlement est énoncé:
- – Chacun d'entre vous est chargé, pour cette épreuve, de cocher une lettre de l'alphabet sur une carte.
- – Les deux lettres sont semblables : dans ce cas, vous devez vous affronter réellement, face à face.
- – Les deux lettres ne sont pas semblables ; le jeu s'arrête là.
- – Par contre, au cas où l'un de vous deux a eu le malheur de cocher la même lettre qu'un spectateur va engager à présent, cette lettre sera fatale !

Un combat contre ce mage acrobate en face ? La peur le gagne !

Un projecteur balaye la salle... Tout le monde se regarde ! Le hasard s'arrête sur un garçon de douze ans.
Sur le plateau ce jeune ado montre un aplomb étonnant, va

lentement vers un paravent pour prendre une carte avant de l'accrocher sur la face cachée d'un tableau tournant et de retourner à sa place. Ses parents se jettent sur leur brave garçon pour l'embrasser.

Sur la scène, notre héros n'en mène pas large. La carte déposée dans un chapeau posé sur la table, son farouche opposant le provoque, des yeux bleu océan le transpercent de part en part. Le second graphème se retrouve dans le fond du couvre-chef. Une caméra permet à la salle de contrôler le déroulement du jeu sur un écran géant.

Chacun d'eux pénètre dans un des coffres accolés. La seule femme présente sur le plateau les recouvre d'une bâche de couleur sombre. Un mal-être s'empare de l'ensemble des spectateurs. Une chanson arrose la salle apportant plus de frayeur que de douceur !
Le chapeau présenté par cette beauté préoccupe l'assemblée, la carte tant attendue en sort promptement. Elle est présentée à l'assemblée avant d'être accrochée sur un écran bleu foncé. [9] est son rang dans l'alphabet.
Un suspense suffoquant avant la venue au monde de cette seconde lettre. Lentement, elle émane de ce couvre-chef. Le doute de tous les spectateurs s'avère être le bon. Dans l'alphabet, elle trône entre le [H] et le [J].
C'est truqué, ben voyons !

L'affrontement tant attendu et tellement redouté approche... Sans y être poussés, tous les regards se concentrent sur ce tableau tournant. Un roulement de tambour … un truquage, là, non ? c'est fou, c'est ... la lettre fatale !..
Les deux hommes s'affrontent donc!..

À aucun moment, le jeu ne peut être arrêté !.. La bâche bouge,.. se déforme !.. un grondement et ... le calme règne à nouveau sur le plateau. Une fumée s'échappe du haut-de-forme du mage, enveloppe personnages et objets et retourne dans le chapeau. Tout est calme !.. La responsable du spectacle enlève la bâche avec volupté, ouvre les coffres d'où s'échappent deux colombes blanches. Les deux hommes se sont évaporés !

Le drap jeté au sol remue, prend forme, s'élève avant de s'envoler abandonnant au centre de la scène l'enfant de douze ans complètement désemparé !
Tous les regards se tournent vers sa place dans la salle. Elle est occupée par notre courageux spectateur. Les regards repartent vers la place du spectateur, au début du numéro. Sarah, la créature envoûtante a déserté la scène pour occuper cet emplacement. Le spot, sous le charme, concède de gros efforts pour accompagner les regards des spectateurs dans cette course effrénée jusqu'à la scène où notre bellâtre montre solennellement une forme sculptée dans du verre : la lettre fatale !

En réponse au défi... « Lipogramme du " i " »

Je vous propose un grand classique des défis Oulipiens : le lipogramme du "i" !

Il s'agit donc d'écrire une histoire sans utiliser une seule fois la lettre "i", la troisième lettre la plus fréquente (6,6%) en français après le "e" (12,1%) et le "a" (7,1%).

Alphabet orphelin

Notre alphabet est orphelin, il vient de perdre non pas sa vingtième lettre mais celle d'après !
Tant de mots commencent par cette si célèbre voyelle !

Le premier mot est le premier chiffre ! Il deviendra également le nombre avec la même graphie grâce à la complicité de lettres. Il acceptera bien volontiers d'être enrichi par le « e », le « s » et même « es », respectant ainsi son genre et son nombre.

Le second est soit adjectif soit participe passé. Le sens général de ce mot très employé est le rassemblement et le mariage mais également la disparition totale de motifs.

Le troisième est l'ancêtre des bovins.
Je m'arrêterai là car le terrain semble miné après le troisième et je crains de lasser ! Ça me gêne cependant car on est loin des six cents mots. Enfin !

Comment prolonger ce texte ? J'ai relevé le défi sans le « e » et le défi sans le « a », j'ai l'impression d'avoir moins ramé ! « Sans les mains » serait tâche aisée à côté de ce casse-tête sans nom. Je le pense sincèrement !

Bien, alors... Tant de mots finissent par cette célèbre voyelle !
Mais non, je ne me répète pas. Il s'agit là de fin, c'est simple, non
Le premier mot décrit mon état à la fin de ce défi. L'infinitif de ce verbe est « abattre ». Je me dois de le préciser !
Je ne les donne pas dans l'ordre car c'est barbant. Non, ce n'est pas le mot !

Dans la liste, j'ai relevé ce mot de six lettres opposé ordinairement à ce mot « relatif » même s'il ne s'agit pas réellement de l'opposé ! En fin de compte, on a retiré le signe de ce nombre relatif. Simple, non ?

Mon texte-énigme passionne, je le sens... Les réclamations sont à adresser à l'écrivassier de ce défi !
J'ai compris. Je passe directement à la fin.

Ce dernier mot de la liste des mots finissant par cette lettre interdite est l'objet indispensable dans les mains habiles de ce garçon de café mais également la place des comédiens lors de l'enregistrement des films dans le cinéma !

Dans cette même liste, l'adjectif occasionnant ma grande colère m'oblige à conserver le rythme de ma démonstration. Comment ? C'est difficile ? Cet adjectif est dérivé de ce verbe « interrompre ». Ça va là ?

Je prends le troisième sans réfléchir. Tiens, ce mot paraît dans la liste des sept expressions si célèbres. Allez, on se fait la liste !

- Le joaillier les vend. Ils côtoient des pierres, des pierres fines, des pierres ornementales et des perles, C'est le top !
- Ces pierres ne sont pas riches mais elles jonchent nos terrains. On se doit de les ramasser.
- On a longtemps imaginé nos bébés naissant dans ce végétal avant de concevoir la réponse à cette énigme : les cigognes.
- Notre cardan de la jambe. S'il s'épanche, la synovie se

répand et il enfle. Marcher devient très difficile.

– Ce rapace impressionne, il effraie même ! Afin de voir, il possède des palets oranges. Le regard fixe, il observe, il guette, il espionne. Il semble figé !

– Dans le langage familier, il est formé à partir de la répétition de la première syllabe de ce mot interdit ici. Il renvoie à ce monde de l'enfance. De petites dimensions, il est adoré par les enfants.

– Bestiole désagréable dont le remède s'avère être ce délicat prénom : Marie-Rose !

En finir avec les mots commençant et finissant par cette lettre interdite.Le hasard me fait choisir le premier des trois ; ce mammifère édenté des forêts tropicales. Il se déplace avec nonchalance, tête en bas, accroché par les fortes griffes de ses membres.

Voilà! Content(e) d'être arrivé(e) à la fin ?

En réponse au défi... « Histoire sans u »
La longueur du texte sera de 600 mots.

Un point, c'est tout !

J'aimerais faire l'éloge de la ponctuation dont tout le monde peut apparemment se passer puisqu'il en est question dans ce défi qui se veut littéraire mettant injustement au rebut nos livres de grammaire française notre vénérable et regretté Bled le Bescherelle la référence par excellence disponible désormais sur le net ou autre Lagarde et Michard dont le tirage de l'ensemble des volumes constitue un des records de l'édition française sans parler de la nouvelle présentation publiée depuis 2003 accompagnée désormais d'un cédérom

démontant ainsi toutes les valeurs transmises par nos parents de génération en génération les malmenant et les bafouant sans cesse par un manque de respect manifeste car il s'agit bien de respect mesdames et messieurs les auteurs quand l'arrogance de l'auteur de ce défi qui sous le prétexte de nous faire réfléchir nous torture le cerveau en nous privant

de points que l'on mettait habituellement à la fin de chaque phrase ponctuant ainsi une expression pleine de sens

de ces trois petits points qui permettaient à notre imagination de vagabonder

de virgules dont la charmante arabesque me faisait en mettre plus qu'il n'en fallait

du point virgule une belle association soucieuse d'harmoniser aussi bien leurs aspects physiques si différents que leur sémantique du point d'exclamation qui concluait aussi bien une envolée lyrique que l'éloquence d'une sensation ou d'une émotion

du point d'interrogation que je me fais un plaisir de garder pour la fin parce que bien entendu je finirai par la question que tout le monde se pose sur l'issue du démantèlement de notre si belle langue en un seul mot pourquoi ?

__En réponse au défi...__ « Sans ponctuation »
Pour ce second défi, je vous propose de rédiger un texte en prose (sinon trop facile) d'une longueur moyenne, et surtout SANS PONCTUATION. Petite précision : il est possible - et même souhaitable - d'utiliser les espaces et les majuscules pour aérer le tout, même si ce n'est pas obligatoire. Le contenu du texte devra être parfaitement cohérent, il ne peut s'agir d'une suite de mots aléatoire. Peu importe ce que vous dites, du moment que c'est compréhensible.

Réincarnation

Des petits bruits me sortent de mon sommeil profond. J'ai dû dormir une éternité. Ces manifestations sonores se rapprochent. Je dois rêver... Je n'ai plus de son car un grand silence a remplacé les cliquetis du début.. Une lumière éclaire subitement une grande salle. Le sol dallé brille de mille feux. Mon regard effectue un mouvement panoramique qui ne me rassure pas !

Des visages me regardent, des scènes se déroulent sous mes yeux mais tout est figé. L'eau n'inonde pas les lieux. La fumée ne pique pas les yeux. Les tirs ne créent aucun dégât et les femmes déshabillées ne sont absolument pas gênées par mon regard innocent.

Je ne peux pas bouger et cela m'inquiète quelque peu. Un énergumène me taquine le visage avec un plumeau, un autre me regarde avec insistance et s'en va recommencer son cinéma un peu plus loin...

Un brouhaha accompagne l'arrivée de personnes pour un passage en file indienne. Certains s'arrêtent pour m'observer, rechercher un détail en se référant à un livret illustré. D'autres, casques sur la tête, écoutent probablement une musique en me dévisageant.

Où suis-je ? S'agit-il d'un rêve ?

Je ne suis pas à l'hôpital car aucun remède n'a été distribué, aucune piqûre, aucun examen sinon ce défilé de curieux. Pas de repas non plus !

Après plusieurs heures d'immobilité, je suis surprise de n'avoir aucune douleur de dos. Je n'ai même pas faim ! La salle se vide progressivement. Mes voisins n'ont pas bougé. Je les suivais du regard à l'affût de la moindre réaction qui ne vint pas.

La lumière s'estompe progressivement pour nous laisser dans le noir complet. La nuit sera longue car je ne suis pas fatiguée. Aucun souvenir ne vient altérer un bien être évident. J'ai même l'impression de sourire...

Les mêmes petits bruits entendus la veille me réveillent à nouveau. Je me suis donc endormie dans cette obscurité propice au sommeil. Je suis en pleine forme... dans ma tête car mon corps ne réagit toujours pas.

La marée humaine revient à la charge, les mêmes regards, les mêmes gestes. Une journée à l'identique ! Une constante m'interpelle. Le regard de ces passants. Après m'avoir fixée longuement, ils se déplacent vers la droite puis vers la gauche. Toujours méfiante, je les suis du regard.

Aujourd'hui, une remarque m'a blessée, m'a fait beaucoup de mal même si je n'ai pas compris l'injure. C'est mon défaut, je le sais. Une petite fille m'a regardée en faisant une grimace de dégoût et, s'adressant à sa mère, a dit en me pointant du doigt : " C'est ça la Joconde ? "

En réponse au défi... « À travers ses yeux »

Vous ouvrez les yeux pour ce qui vous semble être la première fois. Vous n'avez aucun souvenir de qui vous êtes, de comment vous êtes arrivé là, et vous découvrez ce qui vous entoure.

Racontez-nous ce moment de découverte. Cet instant où votre personnage observe avec les yeux d'un enfant.

Le contexte est libre (il peut se réveiller où bon vous semble, il peut être seul ou non). Et il n'y a aucune contrainte de style (prose ou vers), à part que vous ne devez pas dépasser les 500 mots !

À vous de nous offrir un regard neuf ?

Traînée dans la farine

Dans ce village perdu du Perche, deux commerces semblaient tenir le coup, bravant un dépeuplement incessant, le "Café-Épicerie" indétrônable et toujours bien rempli et la boulangerie de Léon.

Léon commençait à vieillir et pensait de plus en plus à passer le flambeau. Mais personne ne semblait intéressé que ce soit dans les environs ou même par internet. Le village s'étant mobilisé, cette recherche moderne comme la qualifiait Léon avait arrosé la France entière à l'aide de reportages émouvants mais rien n'y faisait. C'était devenu la discussion incontournable dans ce "Café-Épicerie".

Un matin, notre brave Léon ne se réveilla pas et le seul commerce du village devint "Café-Épicerie-Dépôt de pain "!

Un jour, un couple se présente au "Supermarché" du village. Un bel homme avec une physique digne de soirées "chippendales" accompagné d'une femme sublime. Ils sont tombés sous le charme des annonces et reportages du net et ils désirent tenter l'expérience !

Les démarches administratives résolues, ils s'installent et très rapidement la boutique rouvre ses portes. Un vrai conte de fées !

Ce sympathique village n'est pas au bout de ses surprises. La toute première est la distribution des rôles. C'est un homme musclé et très viril en Tee-shirt blanc immaculé et bien moulant qui accueille les clientes éberluées et admiratives. On voit assez peu la boulangère qui, très tôt le matin, est déjà au travail. Les plus chanceux la verront apporter une fournée pour aider son mari à ranger le pain encore tout chaud sur le présentoir.

Elle est belle aussi et fait tout pour attirer l'attention. Un chemisier entrouvert sur une poitrine que l'on imagine généreuse. Légèrement poudrée de farine, elle est ravissante. Son mari s'avère être un peu jaloux. Il n'est pas question, semble-t-il, qu'elle lui vole la vedette. "La vitrine, c'est moi et le pétrin, c'est elle !" dit-il un jour pour plaisanter.

La clientèle s'élargit très rapidement aux villages voisins. Ce couple est devenu une richesse locale. Le "café-épicerie" ne désemplit pas. Des reportages fleurissent dans la presse écrite et sur le net, bien entendu !

Un dimanche matin, la demi-journée la plus importante, le mari de la boulangère a disparu ! Elle assure cependant la vente des fournées qu'elles a faites. Les jours suivants, la boulangerie reste fermée. On ne la voit plus dans la boutique, ni dans le village, ni au café où elle avait pour habitude de prendre un thé. Elle a complètement disparu !

Le samedi matin, la boulangerie rouvre et on découvre un homme inconnu pour la vente du pain que notre belle boulangère a normalement cuit.

" Il n'est pas mal cet homme mais moins sexy que le mari de la boulangère " se disent les clientes effarées. Un peu maladroit mais très sympa tout de même. Il ne sait pas ce qu'est devenu son prédécesseur. Il dit être là pour aider pendant quelques jours.

Effectivement mardi matin, un autre homme lève le rideau métallique et bruyant de la boulangerie. "Il est séduisant celui-là, je le croquerais bien" dit la plus gourmande des clientes.

Ce scénario se reproduit systématiquement. C'est presque

devenu une habitude et les clientes ne s'en préoccupent plus et acceptent bien volontiers de donner leur avis sur le tout nouveau serveur.

Après une valse des pseudo-boulangers remplaçants sur plusieurs mois, à la grande surprise générale, le mari de la boulangère est là. Toujours aussi beau, peut-être même encore plus beau avec ce hâle qui fait ressortir tous ses atouts !
Souriant, il ne répondra pas aux différentes questions.

Certaines indiscrétions de ces intérimaires remontent à la surface:
- On dit que le mari de la boulangère serait parti avec une femme dont il est subitement tombé amoureux. Le coup de foudre, quoi !
- Cette passion éphémère passée, probablement encore épris de sa femme et certainement très jaloux, il a découvert le pot-aux-roses.
- La mise en scène que la boulangère a orchestrée de main de maître, a fait revenir son mec au galop.

Sur un site spécialisé du net, elle dit qu'elle aura ce chassé-croisé de suppléants dans sa boulangerie tant que son mari ne reviendra pas reprendre ses fonctions.

Le temps de se faire un beau et riche "harem", elle enverra le lien sur le mail de son mari. Ce lien montre une beauté prise en photo sous tous les angles avec, pour chaque cliché, un des membres du "harem" à l'abri des regards indiscrets dans le fournil.

Les photos sont superbes !

En réponse au défi... « Quand le couple s'inverse ! »
Je vous propose un défi sympa. Vous devez choisir un couple célèbre (femme + homme) en littérature, au cinéma, dans une série TV,.. etc.

Il faut que ce couple dont vous allez inverser les rôles soit très connu.
Je vous propose une idée: "La femme du boulanger" de Marcel Pagnol. Après ce changement, ce célèbre film devient 'Le mari de la boulangère" .

Tout le reste sera le fruit de votre imagination.

Contraintes;
Inversion des deux rôles
Entre 500 et 1000 mots

La cabane d'Ali Baba

La cabane au fond du jardin n'est pas ouverte ce matin. À cette heure, Léon devrait déjà être là, échangeant quelques mots avec sa fidèle compagne... Tout est fermé ! Seul, l'unique volet est entrouvert.

Le p'tit Louis, l'ami du jardinier, est venu voir celui qu'il appelle Pépé, comme il le fait chaque matin avant d'aller à l'école.

Trop petit, il sautille comme une puce pour essayer de voir à l'intérieur. Il appelle, crie, éclate en sanglots.
La maisonnette est triste, elle a du chagrin. Elle pleure. La rosée du matin coule sur elle, ruisselant comme sortie de cette lucarne.

Comment ouvrir ? Le Léon n'avait pas de clé. Il criait pour ouvrir ou fermer son cabanon. Jamais personne n'avait essayé de décrypter ce qu'il disait à sa complice. C'eût été indiscret !
P'tit Louis s'adresse à elle comme il avait vu Léon le faire, la supplie d'ouvrir mais rien n'y fait !
Comme réponse, il n'obtient que des grincements, des petits bruits ou des crissements qu'il ne peut comprendre !
Il s'assoit à même le sol et réfléchit...

Le brave Léon était apprécié par tout le monde. Il distribuait ses fruits et ses légumes à chaque gamin qui passait le voir ou discuter avec lui. Il offrait sa seule richesse en ouvrant son cœur. Il aimait tous les enfants qu'il n'avait jamais pu avoir. Il disait qu'il était le Papy qui avait le plus d'enfants au monde !
À P'tit Louis qui le questionnait sur cette immense armoire à

l'intérieur de sa remise, il avait répondu en la comparant à un vrai coffre-fort contenant plein de trésors. La caverne d'Ali Baba avait-il rajouté en plaisantant.

P'tit Louis se souvient qu'il l'avait chargé d'en faire, un jour, la distribution. Il avait pris le soin, en insistant, de préciser que toutes ces merveilles étaient aussi précieuses que des aliments, produits du travail, du labeur souvent très difficile.
P'tit Louis sursaute. Il a compris. La cabane sourit !
Il se plante face à elle et crie en imitant la grosse voix rocailleuse du grand Léon : "Sésame, ouvre-toi !". La porte obéit bien volontiers. Elle n'attendait que ça !

Le Léon est allongé par terre, celle de son jardin. La construction fragile grince comme si elle chantait. Le vieux jardinier a quitté ce monde. Il s'était offert son dernier petit plaisir, une verveine, avant de s'endormir ! Il sourit. Il était certainement heureux en fermant les yeux.

Le coffre-fort est ouvert et déverse des dizaines de joyaux. Tous ces jouets qu'il amassait, ne pouvant les remettre à ses enfants ou petits enfants.
P'tit Louis se ragaillardit, fier d'être l'élu, celui qui aura l'honneur de distribuer tous ces présents aux enfants du village !

En réponse au défi... « **Personnalisation** »
Vous parlez à vos objets et vous vous sentez bête ? C'est le moment de vous exprimer en les personnifiant (en leur donnant vie). /!\ Vous devrez utiliser les mots : venir (conjuguer), armoire, plante, sol et aliment !

Beau tableau

Je suis une œuvre d'art montée sur châssis. Vous savez de quoi il s'agit, c'est même écrit dans le titre.

Bien, vous avez des difficultés pour mettre un nom sur les peintures de maîtres ? Pas de panique, c'est tout à fait normal, surtout si vous n'êtes pas spécialement au fait de l'histoire de l'art pictural. Il est très aisé de reconnaître les plus grands peintres grâce aux détails revenant systématiquement dans leurs toiles. Soyez donc vigilants !

Je suis une vieille toile de Grand Maître ! Née d'une imagination qui permettra à mon réalisateur d'explorer les possibilités d'une peinture de plein air. Il habita une région où les paysages lumineux le motiveront dans cette période d'épanouissement.

Mes contours sont dilués et construisent une rythmique colorée par des taches dont le format démesuré montre la primauté accordée à l'impression visuelle. Dans ce paysage, une oblique me structure définissant ainsi deux zones bien distinctes, l'une dominée par le rouge, l'autre par un vert bleuté.

J'essaie d'évoquer l'atmosphère vibrante d'une promenade à travers champs d'une jeune femme à l'ombrelle et l'enfant lors d'une journée d'été.

Je suis en partie recouverte par de belles taches couleur sang, ces fleurs qui ont malheureusement disparu de nos campagnes. On peut en retrouver çà et là mais c'est devenu si rare!

Mon Maître devait le pressentir car il m'attribua son joli nom !

Je fus présentée au public lors de la première exposition du groupe impressionniste dans les anciens ateliers du photographe Nadar en 1874. Je suis devenue aujourd'hui l'une des plus célèbres.

Depuis ma donation à l'État français, je suis conservée dans les musées nationaux... Je suis actuellement au Musée d'Orsay à Paris.

Mon nom ? Vous me vexez!.. Vous plaisantez ?
J'en étais sûre. Vous m'avez reconnue : "Les Coquelicots" de Claude Monet !

En réponse au défi...

« Vous êtes une œuvre d'art ! »
Mon défi, si vous l'acceptez :
"Vous êtes une œuvre d'art. Si si !
Vous vous exprimez en tant que telle dans un texte court.
Ne dîtes pas qui vous êtes mais distillez au fil du texte quelques indices qui nous permettront de vous identifier.
Vous retirerez votre masque à la fin de votre œuvre en avouant qui vous êtes et en dénonçant l'artiste qui vous a créé(e) !
Tous les supports sont acceptés.
Seule contrainte : entre 300 et 500 mots."

Le secret de la chambre noire

Kristian, photographe professionnel plonge irrémédiablement dans un grosse dépression. Ses clichés ne sont plus reconnus et son agenda reste vide.

Pour les vacances, il lui arrive de décrocher de petits contrats pour photographier les vacanciers. Quelle déchéance pour cet artiste connu. En morte saison, il se morfond dans un appartement dont la superficie décroît en totale harmonie avec ses revenus de plus en plus aléatoires.

Ce soir, comme à l'accoutumée, il fouille sa malle où sont stockés quelques clichés, les plus célèbres. Il craque à chaque fois. L'alcool l'aide à tenir le coup. Il entreprend de fouiner dans une valise remplie de portraits réalisés au fil de ses pérégrinations, sans but, rencontrant des situations insolites. C'est d'ailleurs lors d'une exposition de ces photos qu'il s'est fait connaître. Quelques unes sont de vrais bijoux ! Il tombe en arrêt devant un portrait sublime. Un clochard, la peau burinée et le regard troublant. Une œuvre d'art qu'il a toujours refusé de vendre. Il fixe longuement ces yeux bleus énigmatiques d'une profondeur inouïe. Une vraie séance d'hypnose !

Le lendemain, il erre sur les quais. C'est là qu'il a pris cette photo, il y a bien longtemps. Sous chaque pont, il s'arrête, observe et essaie de rentrer en communication avec quelques SDF mais la mayonnaise ne prend pas. Ne voulant pas choquer, en cachette, il prend cinq ou six photos. Il a sacrifié quelques cigarettes et quelques pièces qu'il ne regrette absolument pas.

Les jours suivants, il les passera dans la rue. Il n'a plus envie de rentrer dans son petit appart. Il est chez lui dehors. Plus d'argent, il ne fait pas encore très froid, il essaie de se faire une place mais même là, c'est dur. Chacun défend ce qu'il n'a pas réellement. Les conflits jaillissent de partout. Même là, on ne veut pas de lui ! Il fait tout de même la connaissance d'un mec paumé un peu comme lui. Ils partagent, s'épaulent face à l'agressivité de certains. Il vit dans une jungle où il faut être sur le qui-vive !

Une grosse bagarre éclate un peu à cause de lui d'ailleurs. Peu expérimenté et fragile physiquement, il se défend ardemment mais il est blessé. On le traite de malade et on lui demande d'aller crever ailleurs. Il saigne abondamment.
Il réussit à se sauver et trouve une place, tout seul, à l'écart. Un homme s'arrête, constate les blessures, le regarde fixement et lui propose de l'aider.

Son sauveteur n'habite pas loin. Les soins sont rapides mais consciencieux. Ils font connaissance. Cet enseignant solitaire lui propose le gîte pour la nuit. Il y reste une bonne semaine au cours de laquelle, ils deviennent amis.
Il apprend comment organiser une journée de classe. Le bien-être que peuvent apporter les élèves quand ils sont motivés et demandeurs comme c'est la cas actuellement dans cette école de campagne où il effectue un long remplacement. Une classe idyllique.

Il effectue plusieurs allées et venues jusqu'à son studio d'où il rapporte quelques éléments importants pour la suite des événements et son appareil photo. Le portrait de ce super instit finira dans la valise avec ses autres trésors.

Un matin, en préparant le petit déjeuner, il met une dose

suffisante de somnifère dans le verre de jus d'orange que son hôte s'empresse d'avaler avant tout préparatif de départ. Après l'assoupissement de son ami, il récupère toutes ses affaires et avant de se sauver au volant de la voiture de son bienfaiteur, dépose ce petit mot :

« Je suis vraiment désolé.
Je te remercie vivement pour ton accueil.
Tu es un chic type mais tu as déclenché en moi une envie irrésistible de vivre une de tes journées d'instit !
Je t'en supplie, laisse-moi me faire du bien. Juste une journée...
Adieu ! Je ne t'oublierai jamais !!!
Kristian »

Arrivé à l'école, il se présente comme un remplaçant pour une courte absence d'une journée. L'accueil qu'il reçoit de tous les élèves et adultes, l'émeut énormément mais il arrive à contenir ses larmes, prêtes à jaillir. Que c'est bon !

La journée de classe se déroule merveilleusement bien. Il n'est plus habitué à tant de sollicitude. Les enfants sont très réceptifs. De merveilleuses photos, ses clichés, constituent le support et le fil conducteur de cette fabuleuse journée que les écoliers trouvent originale et tellement poétique !
Une grande envie de prendre ces gamins heureux en photo mais il respecte le règlement car il sait que c'est interdit !

De retour devant l'immeuble, il gare la voiture en laissant tout le matériel qu'il avait emprunté et glisse les clés du véhicule dans la boîte aux lettres. Un dernier coup d'œil vers la fenêtre toujours close et il s'éloigne.

Touché, il revit avec émotion ces instants délicieux pendant quelques jours avant d'ouvrir cette valise magique. Les photos défilent puis subitement il se fige, le regard fixe sur une prise de vue émouvante. Dans un village, à l'autre bout du département, le boulanger du village prenait sa retraite et passait le flambeau avec beaucoup d'émotion à son successeur. Une seconde photo, celle du vieux boulanger. On se croirait dans un film de Pagnol. Il est fier de ce cliché. On devine la silhouette de Raimu. Il se concentre sur ce personnage fabuleux puis se dirige vers son ordi. Une courte recherche et il tombe sur sa photo, la même ! Elle est accompagnée de celle du remplaçant. Tiens, ce n'est pas lui qui l'a prise celle-là. Un gros plan sur un visage insignifiant. Un regard fuyant ! Drôle d'impression.

L'article annonce un départ prématuré de ce triste personnage qui s'est signalé dans un dramatique fait divers. Au grand désespoir des habitants de ce sympathique village, pas de repreneur ! Kristian revient sur la bobine de « Raimu ». Un visage comme du bon pain. Sa décision est prise !
Il n'est pas boulanger peu importe. Il va se renseigner. De toutes façons, ce sera pour un ou deux jours...
Il complète un formulaire avec un nom et une adresse postale imaginaires. La seule vérité, c'est la nouvelle adresse mail qu'il crée pour l'occasion. La réponse est quasi immédiate. Dans un délire paranoïaque, il se sent subitement investi d'un rôle de sauveur dont l'arrivée dans le village, sera triomphale !

Quelques jours plus tard, après une bonne heure de route, il arrive dans une commune monopolisée par cet événement.
Ils n'ont pas sorti la fanfare mais c'est tout comme. Un comité d'accueil l'attend avec impatience, il se présente et tout part à vitesse grand V.

Il a une charmante et dévouée employée à sa disposition. Elle connaît très bien les lieux et avait l'habitude de s'occuper de la boutique. Tout est pour le mieux dans le meilleur des mondes.

Il signale cependant un problème. Il a toujours fait son pain dans un four à bois. Il n'a reçu qu'une petite formation, certainement insuffisante, pour les fours électriques qu'il dit dénaturer le métier de boulanger.
On lui donne les coordonnées du spécialiste qui a installé ce four électrique à la demande du boulanger crapuleux précédent. Il est prêt à venir pour lui expliquer le fonctionnement et même le mettre en route.
Il prévient qu'il ne fera, les premiers jours, que du pain, le temps de prendre ses marques.
Tout est accepté, y'a plus qu'à !

Kristian démontre d'énormes qualités pour s'adapter, prendre des indices et s'en servir comme si de rien n'était. À sa grande surprise, en manipulant tous ceux qui l'entourent, il assure le premier jour. On dit même que son pain est meilleur que la croûte de l'incapable pervers qui leur servait de boulanger.
Kristian ne sait toujours pas ce qu'il a fait mais goûte ce bonheur avec délice !
La reconnaissance, l'estime de soi, la renaissance même, de l'amour probablement, tout y passe.
À présent, il faut penser à partir car les démarches administratives pointent leur nez et la liste des demandes de produits de plus en plus variés s'allonge. Il faut trouver quelque chose, c'est urgent !
Le four tombe en panne comme par hasard. Même le spécialiste ne trouve pas la panne. Un composant électrique voire électronique a lâché, c'est certain, mais lequel ?

Kristian annonce son départ en prétextant un besoin et une envie de travailler... dans de meilleures conditions. Il n'est pas un amateur bricoleur et on attend ses talents ailleurs ! Cette attitude hystérique surprend la population de ce village décidément maudit. Il n'y a pas de photo de départ, en tous cas, il ne se propose pas ! Il fait sa valise en toute discrétion et part en ayant l'impression de laisser quelque chose d'important derrière lui...

Rentré chez lui avec un petit pécule, il prend du bon temps puis ouvre à nouveau sa valise ! Le même scénario et bingo, arrêt sur image ! Là, c'est du costaud. Il s'en souvient parfaitement. Qu'il était sympa ce policier. Héros d'un jour ! Encore un regard profond et fort. C'est impressionnant ! C'est le dernier se dit-il !
Il faut trouver un stratagème. À la recherche d'idées, il visionne sans résultat quelques vidéos. « La nuit porte conseil !» pense-t-il.

Effectivement, tôt le matin, il se prépare, s'empare d'un exemplaire de la photo qu'il a scannée et se rend au commissariat où travaille ce bienfaiteur. Il demande à le rencontrer personnellement pour des aveux et attend patiemment une bonne partie de la journée. Pensant avoir affaire à un farfelu, la personne à l'accueil l'installe dans une attente interminable, généralement dissuasive.
La rencontre peut enfin avoir lieu. Ce brave flic a bien vieilli mais semble toujours alerte. Surpris par sa trombine sur la photo, les souvenirs se remettent en place. Il remercie Kristian de ce doux moment. Notre héros passe donc à table et confesse ses différentes usurpations d'identité. L'atmosphère est détendue. Il sollicite une faveur, le temps de revoir une seule

personne. Cet officier, sous le charme, lui octroie quelques jours puis relativisant l'importance des faits avoués, lui annonce qu'il peut rentrer chez lui. Kristian profite de l'occasion pour lui faire part d'un souhait bien particulier : l'accompagner toute une journée pour prendre quelques clichés destinés à une revue imaginaire. À sa grande surprise, sa requête est acceptée. Et cerise sur le gâteau, notre flic sympa lui propose de venir le prendre chez lui le lendemain matin vers 8h00.

Chose promise, chose due ! Pas si sûr car c'est un autre inspecteur qui se présente à son domicile, accepte un café et se retrouve somnolent au volant de sa voiture de fonction. Même gabarit, très rapidement, l'agent se retrouve dans le coffre de la voiture sans ses vêtements, attaché, bâillonné et toujours endormi.

Kristian passe une journée exceptionnelle dans la peau d'un justicier usant de son influence, frimant au volant, abusant de la sirène et du gyrophare et fuyant les situations compromettantes. Un héros en quelque sorte.

Rentré chez lui après avoir abandonné la voiture dans un terrain vague, il se précipite vers son ordi, imprime quelques photos et ouvre sa valise. Elle se remplit lentement de clichés évocateurs. Il se considère alors comme un caméléon capable de se dissoudre dans l'environnement. Il a fait preuve d'une adaptabilité insoupçonnée et se croit, l'espace d'un instant, intouchable.

Il brasse le tout et s'arrête sur l'une d'elles. Situation devenue habituelle ces derniers temps. Il avait oublié cette charmante personne si belle et tellement complice. Il fixe ce regard perçant qui le traverse de part en part. Les souvenirs, les émotions reviennent à la surface. Il en est troublé quand on sonne à sa porte. Il se doutait bien qu'on le retrouverait...

Elle est là devant lui... C'est incroyable, il pensait ne plus la revoir ! Il est envoûté par cette personne avec qui, il a partagé de belles journées dans cette boulangerie. Serait-il passé à côté de son destin ? Il la prend par les mains et l'aide à entrer. Les heures qui suivent sont merveilleuses, sublimes et si douces. Pourquoi n'a-t-il pas vécu cela auparavant ? Pourquoi a-t-il fallu qu'il vole l'identité des autres pour pouvoir en bénéficier ? La sonnette le sort de son rêve. Elle a disparu !..

Sur le seuil de la porte, se découpe la silhouette impressionnante de son flic favori. Le représentant de la loi lui montre en silence quatre photos : un clochard poignardé, un instituteur qui ne s'est jamais réveillé, une superbe créature étouffée par un oreiller et un flic abandonné sans vie dans le coffre d'une voiture.
Kristian comprend que tout s'arrête là ! Il tend les mains. Des bracelets se referment violemment sur ses poignets. C'en est fini de ce rêve éveillé !

En réponse au défi...

« Caméléon social »

Un homme/une femme joue au caméléon social pour combler son ennui

Il s'agirait de raconter l'histoire (qui peut être à la première ou à la troisième personne, aucune contrainte à ce niveau-là) d'un homme ou d'une femme un peu artiste, qui s'ennuie profondément dans la société dans laquelle il/elle vit, et qui, pour combler le vide des circonstances et de l'existence, décidera de s'amuser à jouer différents rôles sociaux, en "infiltrant" différentes classes, groupes, lieux qui regorgent la société. En jouant au caméléon, défi excitant au début, notre artiste risque de se perdre dans ses rôles. Aucune contrainte en terme de longueur de texte. Quelques critères indicatifs qui peuvent être intéressants: l'imagination, l'attention accordé à la consistance et à la crédibilité du personnage, à la mise en contexte, à la narration, à l'originalité des aventures, et le soin accordé à la chute, qui doit chambouler le lecteur, d'une quelconque manière.

Hommage

Pragma (journaliste) : Tout d'abord merci Ichka et Grigor Dogbanof, d'accepter de rendre hommage à Marie Dech qui vient de nous quitter à l'âge de...

Ichka : Désolé d'intervenir sans y être directement invité mais déjà une petite précision s'impose !

Grigor : J'allais le faire.

Ichka : Vous disiez que cette brillante artiste Oulipienne venait de nous quitter mais rien ne vous permet de l'affirmer...

Grigor : Exactement !

Pragma : Je me présente comme étant le candide de service. La rédaction désirait avoir un regard neutre, extérieur, sur son activité littéraire.

Ichka : Sa disparition soudaine correspond très exactement aux derniers de ses travaux qui auraient dû déboucher sur l'écriture d'une œuvre consacrée à la mort irrationnelle tendant vers l'infini sans jamais y parvenir vraiment...

Grigor : Une mort asymptotique en quelque sorte !

Pragma : Je me permets d'intervenir mais il faudrait finir la présentation avant de parler de son œuvre qui...

Ichka : C'est précisément ce nous faisions avec Grigor quand vous nous avez coupés. On vous disait qu'il est impossible de définir son âge réel au moment de son décès qui n'en est pas un.

Grigor : Elle avait créé le Cercle de l'absurde et de l'infini !..

Ichka : Effectivement et c'était devenu son obsession. Elle y travaillait jour et nuit. Elle participait mais surtout, elle proposait des défis devenus célèbres comme : la quadrature du cercle, la constance du cercle, réflexion sur la mesure du cercle, raisonnement par l'absurde...

Grigor : Il nous faut surtout parler de ses derniers ouvrages :

L'absurde et sa raison - Raisonnement ou résonnement - Une histoire qui tourne en rond !

Pragma : C'est l'occasion de le dire : ça tourne un peu en rond tout ça, non ?..

Ichka : Elle en convenait aisément d'où l'intitulé de son dernier ouvrage ! Même le nom de cette écrivaine, scientifique et fervente adepte des défis oulipiens était une anagramme du nom d'un des plus grands scientifiques que je ne vous ferais pas l'injure de développer devant vous, vous laissant le soin et le plaisir de mettre en place une stratégie adaptée qui vous permettra alors d'en trouver l'issue !

Grigor : Savez-vous que nous sommes les premiers à avoir décodé son énigme : "C'ADA EIB FEC EHI GIC" !

Ichka : Nous nous y sommes mis à deux, ce qui nous a facilité la tâche car il est évident qu'en essayant de résoudre ce casse-tête seul, on tourne systématiquement en rond !

Pragma : Mais comment vivait-elle ? Elle avait une vie personnelle, je suppose...

Ichka : Oui bien sûr, comme tout le monde mais son cercle d'amis était relativement restreint. Bien souvent des littéraires et des mathématiciens défiant la vie, sa logique et ses règles.

Grigor : Savez-vous comment ces "philosophes" se définissaient ?

Pragma : J'ai dû le lire en préparant cet interview qui est la préparation d'une biographie que je dois impérativement écrire.

Ichka : Il y a deux axes de réflexion dans ce que vous venez de dire. Tout d'abord, la réponse à ma question qui se voulait conviviale. Ils se définissaient comme des "rats qui construisent eux-mêmes le labyrinthe dont ils se proposent de sortir"...

Grigor : Personnellement, je trouve ça génial ! Une belle illustration de leur philosophie...

Ichka : J'allais l'exprimer ainsi avant de m'orienter vers le deuxième axe que j'avais relevé au sujet de l'écriture de la biographie de Marie Dech que vous vous devez d'écrire. Sachez que vous pouvez utiliser cet interview tel quel. Il me paraît assez clair au vu des réponses qui vous ont été apportées !

Pragma : J'ai, il me semble, assez peu d'éléments sur sa vie de femme.

Grigor : J'ai une vague idée sur sa vie privée...

Ichka : Effectivement, nous pensons qu'elle nous ressemblait énormément. Un investissement sans faille dans ce défi de la vie et des conventions par la médiation de l'écrit ! Une réflexion sur notre si belle langue grâce à une distanciation exceptionnelle.

Pragma : Comment est-elle morte ?

Grigor : Mais elle n'est pas morte voyons ! Elle vit !.. Elle est là, parmi nous, puisque nous en parlons !..

En réponse au défi...

« Nécrologie Oulipienne »

Il/Elle nous a quittés... Pour ce défi, il s'agit de faire le portrait, d'écrire la courte biographie d'un personnage imaginaire qui vient de mourir à un âge à déterminer, connu pour être un artiste Oulipien de renom, ayant relevé des défis oulipiens incroyables… Qui était-il ? Comment a-t-il vécu ? Quels défis improbables mais vrais a-t-il relevés ? Comment est-il mort ?

Tapages nocturnes

J'entends des cris dans l'appartement du dessus. Bientôt minuit. Un choc énorme, un silence, une porte qui claque... Ça commence à bien faire !

Chérie t'as entendu ce boucan ?
Pas la peine d'insister, avec ses boules de cire dans les oreilles, elle n'entend rien ou alors, elle fait semblant pour avoir la paix. J'en ai marre de ces bruits toutes les nuits !
Tu te souviens de la première fois ? Ça a commencé par des cris. Tu m'as reproché d'avoir réveillé tout l'immeuble. Il est vrai que le maigrichon du dessus n'avait pas le physique pour dézinguer sa bergère, pas sa moitié comme on dit car c'est son double ... en poids !
Les voisins nous en ont voulu pendant plusieurs jours.

Il fallait faire quelque chose. "Non-assistance à personne en danger", ça peut aller loin ! Des cris comme si on étranglait quelqu'un... Paraît-il que c'était dans un film. Je ne le savais pas, moi.

On a appris qu'ils étaient encore plus sourds que nous, les allumés d'en haut. Alors ils montent le son...
La deuxième fois, il était bientôt minuit, quand même ! Tu m'as reproché, cette fois, d'avoir appelé la police pour tapage nocturne. Je savais que c'était la télé ! Tous les voisins dans la cage d'escalier à minuit ! Tu m'étonnes qu'ils ont tous signé la pétition pour nous mettre dehors !

Plus tard, c'était ce choc énorme ! Je ne l'ai pas inventé quand même. Même toi avec tes boules dans les oreilles, t'as sursauté ! Fallait savoir que son double, quand elle voulait arrêter leur vieille télé, elle lui mettait une bonne claque sur le dessus de la casquette. Elle dit que c'est le seul moyen pour l'arrêter. Y'aurait un faux contact que les réparateurs n'ont jamais pu réparer.

Tu ne réponds toujours pas ? T'as fermé les écoutilles ?
Oui mais là, cette fois-ci, en plus, c'est silence radio ! Tu ne vas pas me dire qu'il n'y a pas un problème... Là, je le reconnais je flippe !!!

Ah! Tu entends ? Et là, c'est nouveau ! Tu ne vas pas dire le contraire. En plus de tous les bruits de tous les soirs, tu as bien entendu une porte claquer ?

Tu ne réponds toujours pas. À moi comme d'habitude, de régler les problèmes tout seul !..

Mais c'est qu'elle s'est barrée ! Suis tout seul dans notre lit conjugal maintenant. La première fois que ça nous arrive !
T'es malade ou quoi de claquer la porte si fort ? Qu'est-ce qu'ils vont encore dire les voisins ?

En réponse au défi...

« Histoire à poursuivre »
Défi tout simple à expliquer. J'écris le début de l'histoire et vous poursuivez... Faites un copier-coller si vous voulez :
"J'entends des cris dans l'appartement du dessus. Bientôt minuit. Un choc énorme, un silence, une porte qui claque..."

Suite

Elle se réveille au petit matin dans les draps blancs de l'hôtel, seule... Ses souvenirs l'enchantent une seconde fois. Elle retrouve la saveur de ce bonheur vécu avec l'homme de sa vie. Son sourire s'efface pour laisser place à une évidence : cette nuit a été volée à une dure réalité.

Tout ce stratagème pour se retrouver à ses côtés, parader à son bras, elle le sent encore, l'entourant avec tendresse et vigueur lors de cette danse. Cette étreinte s'est faite plus sensuelle au fil de cette soirée costumée pour finir par ce feu d'artifice dans cette chambre puis dans ce lit.

Les draps blancs sont encore imprégnés de leurs parfums mélangés, de leurs odeurs corporelles. Jamais elle n'aura vécu ça !

Il est parti ! Cette évidence ne la surprend même pas car elle s'y attendait. Elle était certaine que cette parenthèse magique serait de courte durée ; une soirée et une nuit. Quelle nuit !

Un soupir met fin à ce film qu'elle ne cesse de visionner.

Elle retrouve une certaine fierté, celle d'avoir si bien prémédité cette mascarade. Ses recherches concernant cet homme qui l'avait scotchée lors d'un interview. Il ne se souvenait même pas de cette journaliste quelconque qui lui avait fait face pendant une bonne demi-heure. Les investigations méticuleuses auprès de ses proches avaient révélé un tableau idyllique. Cet homme était parfait : beau, riche et même sympathique !

Elle se force pour chasser ces images qui reviennent sans cesse la hanter. Oui, à ce portrait de l'homme idéal se greffait désormais un profil d'amant tendre et vigoureux.

Tout avait été ficelé avec beaucoup de soin et de rigueur. Cette recherche parmi ses proches avait révélé un petit détail, une faille dans laquelle elle projetait de s'infiltrer. Il ne se cachait pas et avouait volontiers qu'une femme occupait ses pensées. Elle était elle aussi célèbre et riche, une actrice que tous les médias se disputaient. Reynald avait annoncé qu'il s'armait de patience et qu'un jour, cette star au collier serait sienne.

«La dame au collier» comme on la surnommait devait participer à une soirée costumée sur Paris. Cette indiscrétion traversa la capitale comme une traînée de poudre.

L'écarter et prendre sa place ! Le projet de notre héroïne se peaufinait avec la complicité du hasard. Il ne fallait pas laisser filer cette opportunité. Elle avait très peu de temps pour obtenir et réaliser cet interview. Née sous une bonne étoile semblait-il, elle y parvint bientôt et un entretien très riche lui apporta tous les éléments qu'elle espérait. Prétextant l'envoi du compte-rendu de l'interview avant sa parution, elle sollicita une adresse mail qu'elle obtint avec beaucoup de réticence. Cette dame lui confia qu'elle n'en possédait qu'une seule et la pria de ne l'utiliser qu'à bon escient.

L'actrice reçut dans la foulée le compte-rendu de l'interview qui lui convenait tout à fait. Rien à modifier, pas même une virgule. Elle était ravie de l'allusion faite à ce fameux collier devenu un vrai symbole. Cet envoi était accompagné d'un petit mot de la journaliste qui l'informait que cette soirée était un vrai traquenard, que la presse s'était mobilisée pour couvrir l'événement : un inconnu avait informé ses collègues journalistes qu'un incident spectaculaire devait se produire au cours de cette soirée : le vol du collier. Cet exploit serait réalisé devant tout le gratin parisien.

Intriguée, fâchée, notre star n'aimant pas les bousculades ou autres manifestations et ne pouvant se passer de cette parure, décida de ne pas y aller. Elle resterait chez elle sans prévenir personne à l'exception de son amie journaliste à qui elle demanda de garder ce secret.

Tout était prêt. Emmanuelle s'apprêta pour la soirée, une belle robe blanche qui mettait ses formes en valeur avec classe, un masque qui mangeait son beau visage et une copie de ce collier célèbre. Un physique très ressemblant. Elle était persuadée, en se contemplant dans le miroir, que personne ne se rendrait compte de la supercherie.

Emmanuelle reprit ses esprits un court instant car son questionnement reprenait sans cesse le dessus. Comment avait-il su ?
Elle avait pensé à tout. Le masque qu'elle avait gardé toute la soirée, le départ, le trajet en taxi avec son cavalier, l'arrivée à l'hôtel et la découverte de cette suite luxueuse qu'une vulgaire journaliste de la presse écrite ne pourrait jamais se payer.

L'idée géniale fut le jeu qu'elle imposa : la seule condition pour retirer son masque. Son amant apprécia ces préliminaires dans le noir complet si bien qu'il accepta bien volontiers que leurs ébats se noient dans l'obscurité. Partir à la découverte de l'autre, imaginer les formes avantageuses du partenaire. Sans la vue, les autres sens prenaient une volupté extraordinaire. Le toucher, les caresses, les sollicitations, les manifestations de bien-être atteignaient leur paroxysme.
Elle bondit soudain sur ses jambes, se dirige vers la salle de bain, se contente d'une simple douche, arrange ses cheveux. Elle a bien fait de s'octroyer cet moment de rêve. Toute chose a une fin ! Demain, elle s'envolera vers d'autres horizons, la vie

continue. Une petite journée pour faire ses bagages avant le départ. De nouvelles aventures l'attendent. Un coup de fil pour commander un taxi. Elle ne veut plus se soucier de ce qu'il est devenu. Elle prend son temps pour s'habiller en attendant le taxi...

Non loin de là, Reynald en est à son troisième whisky. Le rayon de soleil qui fit son intrusion dans la chambre de cet hôtel, avait confirmé ses doutes. Il avait bien senti que quelque chose clochait mais il avait poursuivi cette aventure parce qu'il s'y sentait bien. La suite des événements lui donna raison car ce temps passé avec cette belle journaliste l'avait comblé.
Bien sûr, il avait reconnu cette femme. Il suffisait de lui retirer ses lunettes, de dénouer son chignon fait à la va-vite, de la vêtir avec goût et c'était une superbe femme. Un homme, un vrai, celui qui fait attention aux moindres détails, qui s'éloigne de l'arbitraire des canons de la beauté ou du physique à la mode, peut apprécier une femme à sa juste valeur.
Le même parfum sur deux femmes est différent ! Une fragrance subtile bien choisie, capable de s'harmoniser avec les qualités d'une femme, est unique !
Il a fait sciemment l'amour avec cette journaliste et non avec cette actrice. Il l'avait compris quand il la tenait par la taille lors de cette belle soirée. L'idée du collier l'avait bien fait sourire. Ému, il avait senti grandir en lui plus qu'une estime pour cette femme sublime. Un vrai coup de foudre !

Il pose son verre encore plein, dépose un billet sur le comptoir et file comme une flèche en direction de l'hôtel.
Trop de monde devant l'ascenseur, il prend l'escalier qu'il avale à une vitesse vertigineuse, bouscule un couple dans le couloir et pousse cette porte restée entrouverte. Personne !

140

Il fixe ce lit défait qui réveille en lui des souvenirs si récents qu'ils n'en sont que plus douloureux. L'odeur suave d'Emmanuelle hante encore ce lieu enivrant. Reynald ferme les yeux... Il sent sa présence, ses bras l'entourent avec envie, elle est là, derrière lui. Il se retourne et tombe en arrêt devant ce masque qui glisse en douceur au sol...

« Histoire à poursuivre »
Défi tout simple à expliquer. J'écris le début de l'histoire et vous poursuivez...
"Elle se réveille au petit matin dans les draps blancs de l'hôtel, seule..."

*Un grand classique
des défis littéraires !*

Histoire à poursuivre...

Visite imprévue

Une nuit noire ce vendredi 13 juillet. La moisson était terminée. Une belle étendue dorée avait remplacé une mer d'épis quelquefois agitée par les caprices du vent. Tout était calme. Trop calme pensait Germain quand une lueur zébra le ciel étoilé.

Il se précipita dans la cour de sa ferme et aperçut une soucoupe volante en station verticale juste devant sa propriété. La paille du champ de maïs brûlait comme si le dragon, dessiné sur la carlingue de l'engin spatial, avait craché du feu. L'incendie s'arrêta subitement. Un disque noirâtre comme empreinte sous le vaisseau spatial.

Germain, subjugué, assistait, impuissant, à une scène sortie directement d'un soap-opera. Il était certain que ce fait divers aurait l'effet d'un raz-de-marée dans une région où les événements originaux se font si rares.

Après maintes précautions, deux extra-terrestres sortirent de leur soucoupe en brandissant à bout de bras, un livre sans nom. Ils présentèrent ce livre comme un grimoire qui leur permettait de voyager dans le temps. Ce grimoire s'avéra incomplet, plusieurs pages blanches. Elles correspondaient à leur expérience inexistante sur Terre. Une obligation de les remplir pour pouvoir repartir. Ils demandèrent de l'aide à ce terrien qu'ils jugeaient sympathique. Ils devaient se procurer la recette de la poudre d'escampette: un philtre spécial enrichi par des objets symboliques, traces de leur passage sur la planète Terre.

Germain avait déjà entendu parler de cette légende qui perdurait depuis des millénaires. Ils se souvint d'un élixir dans une armoire, héritage du passé. Chaque génération se devait de transmettre cette tradition en y ajoutant, en cas de visite, un objet symbolique. Notre cultivateur, veuf depuis quelques années, ne voyait rien à offrir quand l'un des deux extra-terrestres s'empara d'une relique mise en évidence : "les chaussures rouges de Dorothée" ! Notre héros eut du mal à accepter que les objets de collection de sa regrettée puissent partir pour voyager dans l'espace. Sa fierté l'emporta.

Le deuxième extra-terrestre tomba en arrêt devant une affiche d'une boîte de nuit du nom de Funkytown. Il ne voulait pas celle-ci qui avait été dédicacée mais une authentique ! Mission impossible sans engager un détective privé. Le temps pressait. Il se contenta de cet exemplaire.

Posés sur le grimoire ouvert, ces deux objets disparurent comme par magie, comme digérés par ce manuscrit magique. Leurs photos se gravèrent sur chaque page en complétant cette encyclopédie interplanétaire, indispensable à la survie de leur espèce. Le philtre changea de couleur!

En réponse au défi...

« 10 éléments pour un texte »

Parfois, j'ai un besoin ou une envie folle d'écrire, mais rien ne vient. Quand ça m'arrive, je demande 10 mots ou idées à quelqu'un de mon entourage, puis je vois ou ça me mène. Je propose exactement ça aujourd'hui. Voici la liste:

- un soap-opera
- un dragon (feu, glace, roc... tout est permis)
- un élixir dans une armoire
- un champ de maïs
- les chaussures rouges de Dorothée un livre sans nom et incomplet (plusieurs pages blanches)
- une boîte de nuit du nom de Funkytown
- un détective privé
- un raz-de-marée
- la recette de la poudre d'escampette: n'importe quoi y est permis, mais la recette ne peut pas se retrouver dans le livre sans nom cité plus haut.

La seule contrainte est d'intégrer ces 10 éléments dans le texte. Je n'impose ni genre, ni longueur, parce que sinon ça deviendra trop compliqué. Ça sera un assez bon défi déjà de lier les éléments entre eux et que ça fasse un minimum de sens.

Un autre grand classique
des défis littéraires !

Insérer des mots imposés
dans un récit.

Utopie, je t'aime !

Si j'étais un animal, je serais un chien car j'assurerais une compagnie ou une aide précieuse pour les personnes seules ou handicapées !

Si j'étais un végétal, je serais un roseau car je ploierais sous les assauts du vent, de la tempête sans jamais rompre !

Si j'étais un pays, je serais la France car j'incarnerais le pays des Droits de l'Homme et je défendrais ces valeurs contre toutes les attaques ignobles dont elles sont actuellement injustement victimes !

Si j'étais un sport, je serais la marche car je continuerais à avancer !

Si j'étais une musique, je serais le jazz car j'aurais été le vecteur d'une révolte d'une population noire opprimée !

Si j'étais une touche de clavier d'ordinateur, je serais la touche [Entrée] car je validerais les idées et les actes pour une fraternité universelle !

Si j'étais un vêtement, je serais un slip car il me faut bien garder un peu d'intimité !

Si j'étais un objet, je serais un stylo car je défendrais cette liberté d'expression pour qu'elle perdure !

Si j'étais une couleur, je serais le bleu car j'aurais alors la couleur du ciel quand il fait beau !

Si j'étais un véhicule, je serais un vélo car je n'utiliserais qu'une énergie naturellement renouvelable !

Si j'étais un meuble, je serais une table car je symboliserais une entente, une discussion, des négociations, des signatures de traités de paix !

Si j'étais un personnage historique, je serais le Che car j'aurais mis mon existence aux services des peuples opprimés !

Si j'étais un personnage de fiction, je serais Zorro car je m'opposerais à toute injustice !

Si j'étais un signe de ponctuation, je serais le point d'exclamation car je conclurais aussi bien une envolée lyrique qu'un cri qu'il soit de joie ou de déception !

Si j'étais un plat, je serais du pain car je m'offrirais à Jean Valjean !

En réponse au défi...

« Portrait Chinois »
Défi proposé : écrire un portrait chinois avec comme contrainte ces 15 phrases :

1. Si j'étais un animal, je serais... car...
2. Un végétal.
3. Un pays.
4. Un sport.
5. Une musique.
6. Une touche de clavier d'ordinateur.
7. Un vêtement.
8. Un objet.
9. Une couleur.
10. Un véhicule.
11. Un meuble.
12. Un personnage historique.
13. Un personnage de fiction.
14. Un signe de ponctuation.
15. Un plat.

Le portrait chinois est un grand classique de l'animation. Il permet à chacun de se présenter de façon ludique et imaginative.

Chaque joueur doit dresser son « portrait chinois » sur une feuille de papier, en répondant à des questions posées par l'animateur et débutant toutes par « Si j'étais… ».

Une fois les fiches remplies, l'animateur les ramasse, puis en tire une au hasard et lit les réponses. Les joueurs doivent deviner le plus rapidement possible lequel d'entre eux est décrit par ce « portrait ».

Entre amis

Salut mon pote,

On ne s'est pas revu depuis un bail. J'en parlais encore hier avec les copains, tu nous manques et j'aimerais bien te revoir. J' organise une soirée Poker à la maison. Ça te dit ?

Comme à l'accoutumée, tout le monde participe en apportant un plat. Tu as le choix mais tiens-moi au courant qu'on ne retrouve pas comme la dernière fois avec une tonne de gâteaux secs mais pas de viande ni de poisson à bouffer. Je dois reconnaître que les tiens étaient bons, "Lu", c'est une bonne marque !

Comme tu le sais, le nombre de joueurs au début d'une bonne partie est dix. Nous avons donc recruté et il y aura des gens que tu ne connais pas mais ce sera l'occasion de faire connaissance. À ce sujet, je te rappelle que la partie est intéressée. Je vendrai les jetons à l'arrivée. Je sais que tu as des difficultés financières en ce moment mais essaie de faire comme les autres. Un minimum tout de même !

Autant te prévenir, il y aura Paulo ! Tu sais, le mec avec qui tu t'es fritté la dernière fois. Je sais qu'il est lourdingue mais essaie de faire un effort cette fois-ci...

Pour cette rencontre Poker, j'ai du mal à trouver du monde , je suis obligé de me forcer un peu en invitant n'importe qui. C'est dur en ce moment !

Donc, si tout va bien, à samedi vers 20h30 et surtout n'oublie pas ta bonne humeur. Ça changera. Je plaisante bien sûr !..

Bye !

En réponse au défi...

« Pas très joli tout ça ! »
Vous devez écrire le courrier (lettre, mail, SMS) que vous n'aimeriez pas recevoir !
Il peut s'agir:
- d'une déclaration d'amour très maladroite,
- d'une invitation que vous vous sentez obligé(e) de décliner,
- d'une lettre de motivation qui ne peut que desservir,
- d'une requête quelconque... ... etc
  Le mensonge, les maladresses, la mauvaise foi, les contradictions feront notre bonheur !
  Le support est libre : style et genre selon vos envies !

Journal bleu

15 avril 1697

Avec mes belles maisons, ma vaisselle d'or et d'argent, mes meubles en bois précieux et mes carrosses dorés, les femmes devraient courir vers moi ! Que nenni, elles se sauvent ! Vais-je bientôt en trouver une à mon goût ? Demain peut-être...

16 avril 1697

Encore trouvé personne ! Pourquoi toutes ces femmes et ces filles s'enfuient-elles dès que j'arrive ? Probablement à cause de ma barbe ! Je ne peux la raser. Il me faut me darder d'espoir, demain certainement...

17 avril 1697

Ma voisine a deux filles très belles. Je les ai vues aujourd'hui. Je ne sais laquelle choisir. Dès demain, j'en demande une en mariage. Je ne peux me décider, je leur laisse donc le choix. Une des deux voudra bien m'épouser, c'est sûr !

18 avril 1697

Ni l'une ni l'autre ne veut m'épouser à cause de ma barbe bleue. Enfer et damnation ! Je colère mais rien n'y fait ! À moins que ça soit cette maudite rumeur qui dit que j'ai déjà épousé plusieurs femmes et qu'elles ont toutes disparu. Que dit-on alors d'Henri VIII d'Angleterre, qui eut six femmes et dont deux furent condamnées à mort pour adultère et trahisons ? Toute désobéissance est péché originel, cette sentence est écrite dans la bible. On ne peut en discuter !

19 avril 1697

Il me faut les inviter pour faire connaissance ; elle tomberont sous le charme. Je les inviterai toutes deux à la campagne avec leur mère et quelques uns de leurs amis. Le programme sera de choix et je récolterai ce que j'ai semé ! Je viens d'avoir une idée géniale!

Dès demain, je passe à l'offensive. Elles ne peuvent résister !

20 avril 1697

Elles viennent d'accepter. Rien de plus normal ! J'organise tout et dans dix jours, elles entrent au paradis.

1ier mai 1697

Cette première journée a été sublime : promenade et repas ! Après quelques hésitations, elle se disputaient mon bras. Les mets étaient savoureux. Quel bon cuisinier, j'ai trouvé là ! Un vrai cordon-bleu !

Tout marche à merveille. Demain, je les emmène pêcher !

2 mai 1697

Pêcher la journée et danser le soir ! Cette journée a été merveilleuse. Il me faut me coucher tôt car demain la journée sera longue !

4 mai 1697

Faire la fête et s'amuser, que c'est bon ! Je les sens toutes les deux à point. Si la morale ne me l'interdisait pas, je prendrais bien … les deux ! Soyons sérieux, la nuit porte conseil !

6 mai 1697

On ne dort pas, on passe toute la nuit à danser et à discuter. Que c'est bon ! Je comprends aisément les gens de la « jet-set ». Quand on a des richesses, faut savoir en profiter !

7 mai 1697

Que j'ai aimé quand on se faisait des malices les uns aux autres. Je sens que la plus jeune des deux filles commence à fondre et à trouver que je peux être un bon mari. J'ai deviné leurs formes en les effleurant. Je goûte mon plaisir. Que c'est bon !

8 mai 1697

De retour à la ville, j'ai bien fait de me faire plus pressant et d'entreprendre auprès de son père ma demande. Je ne tenais plus en fin de journée. Heureusement, le mariage se conclut. J'ai hâte qu'elle m'appartienne !

8 juin 1697

Je pense que j'ai eu raison de lui dire qu'elle pouvait inviter qui elle voulait pendant ma longue absence. Au bout d'un mois, si on ne peut pas se faire confiance !..

9 juin 1697

Je suis content, elle a bien compris toutes mes recommandations : les deux grandes clefs du garde-meubles, celles de la vaisselle d'or et d'argent, celles des cassettes où sont les pierres précieuses, celle du coffre-fort, celles qui ouvrent toutes mes maisons et mes appartements...
J'espère qu'il ne lui viendra pas à l'idée de faire comme les autres et d'utiliser la clé du cabinet au bout de la galerie !
J'ai essayé de lui faire peur en lui disant que ma colère sera alors terrible. Elle avait une peur bleue. La pauvre femme, je l'aime tant !

19 octobre 1697

Je suis heureux et comblé ! Ma chère femme était contente de me revoir après tout ce temps. Je l'ai trouvée si douce. Jamais, je ne pourrais me passer d'elle !

20 octobre 1697 vers 23h58

J'ai tout de suite deviné ce qu'il s'était passé. Sa main était si tremblante en me rendant les clefs ... comme les autres ! Pourquoi font-elles toutes cela ? Je ne peux le pardonner !

Elle a voulu y entrer et bien elle y rejoindra toutes les autres épouses.

Je lui donne 10 minutes mais pas une de plus et ensuite je monte la chercher.

Quel réconfort de t'avoir ô journal intime. Toi seul, jamais ne me trahit ! Cette fois, je t'emporte avec moi.

21 octobre 1697 à 0h08

Elle a probablement peur de me voir avec un grand couteau à la main et criant "Descends vite, ou je monterai là-haut"

Plus elle me répond : « J'arrive ! » et plus ma colère décuple.

Attend vénérable journal intime. Je vais crier si fort que la maison en tremblera !

Elle me répond toujours la même chose, Cela ne sert à rien, il faut qu'elle meure enfin !

21 octobre 1697 à 0h48

Trop tard, j'allais la tuer avec mon grand couteau quand j'ai reconnu ses frères. l'un était mousquetaire et l'autre dragon... Nom de bleu !..

21 octobre 1697 à 0h49

Ils sont bien plus forts que moi, palsambleu !..

21 octobre 1697 à 0h50

Je m'enfuis parbleu...

<u>21 octobre 1697 à 0h51</u>
Mais ils me rattrapent ventrebleu...

<u>21 octobre 1697 à 0h52</u>
Le perron est en vue, tout bleu !..

<u>21 octobre 1697 à 0h53</u>
Vais-je pouvoir le gagner sacrebleu ?..
21 octobre 1697 à 0h54

Couic !
<u>21 octobre 1697 à 0h54min22sec</u>
Je me meurs morbleu...

<u>Journal TV du 21 octobre 1697 - Flash de 0h58</u>
Après de longues minutes d'agonie...
Mort de « Barbe Bleue » !

En réponse au défi...

Le journal intime d'un héros de conte
Parce que même un personnage de conte peut avoir son journal intime! N'est-ce pas ?

Vous devez raconter l'histoire d'un conte de votre choix, raconté sous la forme d'un journal intime. Avec tous les détails trouvables dans un journal, comme la date, une conjugaison à la première personne, des surnoms pour désigner les proches, et des pensées personnelles venant des héros que l'on ne connaît pas forcément en lisant le conte d'origine!
À vous de voir, je vous laisse choisir le conte en question et le ton que vous souhaitez employer dans l'écriture!

Belle amitié

Trois amis de longue date se retrouvent pour une occasion peu commune. Tous trois ont partagé des moments inoubliables avant que la vie ne les sépare.
Un journaliste, une énarque et un élu local. Les deux derniers se présentent à une élection régionale. Pour l'énarque, cette élection est un palier et il ne s'en cache pas ! Pour l'élu local, c'est l'aboutissement d'une belle carrière faite de sérieux et d'abnégation.

Le présentateur est un spécialiste des débats politiques. Il est reconnu pour son impartialité et sa justice mais également pour l'originalité de ses émissions.
Pour faire honneur à ce qui les a unis autrefois, il a imaginé un débat-jeu sur le thème de l'amitié. Un verdict sera cependant prononcé en fin d'échange.

Le tirage au sort désigne l'élu local pour amorcer le débat en se présentant. Maire d'une petite ville, il avait gagné en notoriété pour avoir su gérer sa commune et améliorer la vie de ses administrés.
Son opposant, fort de son expérience nationale avait promis que cette si belle région atteindrait le Zénith de son existence.

Les deux amis s'opposent dans une joute sans merci. La gouaille de l'énarque l'emporte sur la sincérité du second. Les spectateurs présents sur le plateau doivent être remis à leur place plus que de raison.
Après cette première partie houleuse, les réseaux sociaux doivent servir désormais de baromètre. Cet outil infaillible

abondera encore et toujours dans le même sens. Au nombre impressionnant d'amis de cet illustre énarque, tous réseaux confondus, notre élu local ne peut qu'opposer que quelques centaines d'amis ou autres « followers »

Comme le dit le règlement de ce scénario, chacun des adversaires du jour se doit de désigner son vainqueur. Chaque adversaire désigne son champion. La démagogie jouant cette partition, à la grande surprise, chacun d'eux désigne l'autre.

Le juge bien embarrassé engage sa décision dans la dernière confrontation : «Les amis sur le plateau».
Un faisceau lumineux balaie la salle avant de s'arrêter sur une femme. À la question posée, elle répond en précisant que ce Maire est un homme intègre, qu'elle est là pour le soutenir tout en étant attristée qu'il parte un jour.
Le rai de lumière en fait de même de l'autre côté du plateau. L'homme désigné, très perturbé dans un premier temps, bafouille, ne sait quoi dire et sous la pression devenue insupportable, reconnaît avoir été payé pour être présent.
La clameur du public désigne le vainqueur sans l'ombre d'un doute.

«Le paraître prendrait-il la place face à l'authenticité ?»
La question est ainsi posée au vaincu qui, ne voulant plus perdre la face, accepte la défaite.
Le journaliste reconnaît la grandeur d'âme du perdant. Une grande qualité assurément.

Les deux opposants oubliant leur querelle, s'avancent l'un vers l'autre. Le Maître de cérémonie scelle cette poignée de main et prend la parole et, d'un ton solennel :

«À force de convoiter, on achète l'ami qui n'est point à sa place. L'amitié n'est pas un marché qui s'enrichit des pièges d'une vie mais qui résiste au nombre des années.»

Une fable est un court récit
en vers ou en prose qui vise à donner
de façon plaisante une leçon de vie.

Elle se caractérise souvent
par la mise en scène d'animaux
qui parlent mais peut également
mettre en scène
d'autres entités ou des êtres humains.

Une morale est généralement exprimée
à la fin ou au début de la fable.

En réponse au défi...

Fable

"une amitié qui ne peut résister aux actes condamnables de l'ami, n'est pas une amitié" Alain

Je vous propose aujourd'hui d'écrire une fable en prose ou en vers illustrant la citation d'Alain: "une amitié qui ne peut résister aux actes condamnables de l'ami, n'est pas une amitié".

Votre fable doit se terminer sur une note positive.

NB: Une fable comporte une morale !

Tu es un rêve !

Je te regarde, je t'admire, tu es belle. Je suis réveillé mais toi, tu dors encore... Tu te retournes et là, je fonds...

Sans ouvrir les yeux, tu souris. Un bonheur ! Suis-je avec toi en ce moment ? Est-ce à moi qu'est destiné ce sourire ?

Tu as compris et tu entrouvres les yeux ! La douce lumière que j'ai allumée ne semble pas t'importuner. Elle mets tes formes en valeur. Tu es sublime ! Tu tends la main vers la mienne. Ça me rassure et tu le sais. Je m'allonge à tes côtés. Ton doux parfum du matin m'enivre. Il est pourtant si léger. Je ferme les yeux et je m'assoupis. Ta respiration me berce. Je sens que tu te redresses pour prendre sensiblement la même position, quand je te savourais du regard. Je ressens le tien... Les rôles sont inversés. Un bien-être m'envahit, je dois rêver.

Je ne sens plus ta main dans la mienne. J'ouvre les yeux, les rideaux ont été ouverts découvrant un tableau, là sous mes yeux. Une sérénité règne face à ce mirage !

Ai-je vraiment rêvé ? Je me redresse subitement !

Tu es là, assise, une tasse à la main. Tu tournes la tête vers moi et me souris. L'odeur du café frais vient m'apporter la preuve que ce doux rêve est une belle réalité !

En réponse au défi...

« Inspiration musicale »

Sur le concept de musimots.wordpress.com, je vous propose d'écrire ce que vous inspire une musique (choisie à peu près aléatoirement).

Voici le lien de la vidéo :

https://www.youtube.com/watch?v=kVjSyBthXMc

Les règles sont simples: vous avez toute la durée de la vidéo pour laisser parler votre inspiration, peu importe que votre récit soit construit ou logique.

Une bonne tisane

- Alors, heureuse ?
- Je t'adore mon nounours ! Je vais nous faire deux tisanes avant de dormir.
- Oui, mais tu n'as pas répondu. Tu m'entends ?..

La cuisine étant au bout de l'appartement, sa princesse comme il l'appelle, ne l'entendant plus, ne pouvait pas lui répondre !
Quelques minutes plus tard, elle revenait dans la chambre, tenant l'unique tasse de tisane, la déposait sur son chevet, éteignait la lumière du côté de son mari qui s'était endormi comme à l'accoutumée, s'installait dans son lit, leur lit, le lit conjugal et s'emparait du dernier roman en cours de lecture. La première ligne commencée, c'était à ce moment précis qu'il se mettait à ronfler !
Après chaque câlin, c'était le même scénario. Quand ce n'était pas le jour des échanges intimes, il se calait devant la télé, choisissait une chaîne qui n'était jamais celle qu'elle aurait voulu regarder et... s'endormait !

Aujourd'hui, le scénario semble avoir été légèrement modifié.

- Alors, heureuse ?
- Non ! Ça fait vingt ans que je supporte tes caprices, ta domination, ta routine, ta mollesse. Je ne suis pas ton esclave !
- Quand même chérie...
- Oui, je dis bien ta mollesse. Tu te prends pour qui ?
- Tu dis n'importe quoi. Calme-toi ! Je sais que je ne suis pas le prince charmant...

– Oh que non ! Même avec une baguette magique, tu resterais crapaud. Malheureusement, ça ne marche que dans les contes !..

– Allez, on se prend une tisane pour nous calmer tous les deux...

– Non ! Ça fait vingt ans que je bois ma tisane toute seule. !

Non ! Ça fait vingt ans que je subis tes ronflements que je ne peux plus supporter.

Non ! Ça fait vingt ans qu'on ne peut avoir une discussion intéressante, tu en es incapable alors pour fuir, tu t'endors.

Non ! Ça fait vingt ans qu'à la télé, on ne peut jamais regarder ensemble un film ou une émission... Un débat encore moins.

Non ! Ça fait vingt ans qu'on ne reçoit pas d'amis pour rigoler un tout petit peu.

Non ! Ça fait vingt ans que je m'ennuie avec toi et je suis polie !

Non ! Ça fait vingt ans que lors de nos ébats, je singe, je simule. Tu ne te rends pas compte, ça en devient risible.

Non, non et non ! Y'en a marre !

En réponse au défi... « Après l'amour »

Je vous propose mon premier défi car je suis très curieux des textes que vous pourriez écrire sur ce thème "APRÈS L'AMOUR".

Les seules contraintes sont :

Un texte en prose qui ne fasse pas plus de 2 min de lecture et dans lequel on trouvera les cinq mots suivants : princesse, crapaud, esclave, singe et nounours.

Pointes de vitesse

Antoine, jeune sportif prometteur, arrive à proximité du stade où doivent se dérouler les qualifications régionales. Ses disciplines: le cent et le deux cents mètres! Sa spécialité : le départ. Un entraînement long et fastidieux lui a permis de progresser rapidement pour atteindre un niveau plus que satisfaisant.

Son entraîneur et papa à la fois, est là, assis juste à côté. Il peste car il ne trouve pas de place :

–   Ben voyons, le parking coupé en deux pour travaux !
–   T'énerve pas, on est dans les temps !

La journée avait très mal commencé. Une course effrénée dans l'appartement pour réunir toutes ses affaires ont eu raison de son optimisme ?

Ce n'est pas la spécialité du papa qui s'énerve en l'aidant à retrouver toutes ses fringues. Un vrai parcours d'orientation car la maman les guide par téléphone. C'est elle qui prépare tout d'ordinaire, soigneusement, scrupuleusement. Hospitalisée pendant quelques jours, elle ne peut être là.

Le sac est enfin fait, les deux hommes se dirigent vers la voiture. Un vrai sprint ! Tout se fait en courant dans la famille.

Pendant le trajet, toutes les recommandations sont épluchées dites et redites plusieurs fois. Un père entraîneur, ce n'est vraiment pas la panacée !

Un clignotant ? Ouais, une place qui se libère, enfin …

–   C'est quand elle veut mamie !
–   T'inquiète Papa, ça va être juste mais c'est bon !

La voiture garée, deux flèches en sortent pour s'arrêter subitement.

- Où est-ce qu'ils ont mis l'entrée des artistes ?
- C'était pas compliqué de la mettre à la sortie du parking.
- Regarde juste en face Papa !

"Re-départ" en trombe. Il va être chaud le p'tit !
La course dans les couloirs. Ouf, les vestiaires ! Sans demander l'autorisation, le père l'accompagne.

- Tiens, regarde qui est là ?
- T'es qualifié Benoît, c'est super. On va courir ensemble !
- Non, je cours la première série et toi la quatrième.
- Super, on se supporter comme ça ! Un conseil, soigne ton départ.
- Je sais, toi, c'est là où tu nous cloues tous sur place. Comment tu fais ?

Antoine s'habille à la hâte comme d'hab... La marque de fabrique de la famille !

- Papa, c'est toi qui m'as mis ces pointes dans le sac ?
- Ben oui ! C'est bien celles-là ?
- Non, c'est les anciennes ! Elles se ressemblent mais elles ont une pointure de moins !
- Comment le savoir ? Sur le départ, tu es toujours en retard !..

Benoît qui a suivi la scène se marre puis intervient :

- Tu chausses du combien ?
- 42 et toi ?
- Moi aussi, on a le temps d'échanger entre les deux séries. Tiens, on appelle la première. A+ !

Le père et le fils sont abattus. La première fois qu'un truc cloche avant une compète. Antoine enfile ses chaussures, des tennis mais bon.
Ils sortent pour essayer de voir Benoît. La course se déroule bien pour lui et Benoît, qui est souvent en concurrence avec Antoine, gagne facilement sa série.

- Aïe ! Il a l'air en forme aujourd'hui. Si on gagne nos courses tous les deux, comment on fait pour la finale ? Une paire de godasses pour deux !
- Tu as raison... Faut qu'on trouve une solution. Gagne ta série, moi je vais voir ça !

Jamais un départ de course n'aura été aussi problématique. Le père d'Antoine se dirige vers un groupe de coureurs éliminés. Au début, ces jeunes pensent être tombés sur un malade négociant une paire de pointes puis comprenant la situation :

- J'vous les donne ! Suis éliminé. À quoi ça sert ? J'arrête tout !

Un homme s'approche et discute un long moment avec le père d'Antoine qui revient triomphant avec une paires de pointes du 42 et neuves de surcroît.

- Tous tes départs jusqu'à la finale sont assurées mon bonhomme !
- Merci Papa ! Je les mettrai tout à l'heure. La même marque que les miennes, en plus. T'es génial Papa !

Les coureurs de la quatrième série vont bientôt être appelés. Antoine retourne à sa place accompagné de Benoît qui l'encourage. Une drôle de sensation en mettant ses pointes et en particulier avec celle de droite, mais bon !
Derniers réglages des starting-blocks. Un premier essai. Antoine a l'impression de rester collé à l'appareil qu'il va observer de plus près. Il se doit d'abandonner ses investigations car tous les coureurs s'installent,.. prennent leur position pour la meilleure propulsion vers l'avant... Pan !
Antoine, très mal parti, pense avoir emporté avec lui la cale de départ collée à son pied gauche et redoute de perdre sa chaussure droite. Il remonte vers la fin et termine quatrième. Il n'y aura pas de deuxième départ, seuls les trois premiers sont directement qualifiés. Assis sur la piste complètement dépité, il retire ses pointes et les jettent violemment au sol.
Son père qui a réussi à franchir le cordon de sécurité, déboule.

- Que s'est-il passé ?
- Ces pointes sont nulles !
- Tu peux passer au temps, peut-être !..

Antoine pleure... "Replay" dans sa tête ! Il revoit le film des derniers événements. Il se précipite sur ses pointes et vérifie la pointure. IL lit : "42" sur l'une et … "43" sur l'autre ! Il a bien un pied plus "fort" que l'autre mais à l'inverse.

- J'ai trouvé pourquoi ça a foiré. Regarde !

170

– Désolé, dans la précipitation !..
T'inquiète, si tu passes au temps, je trouve une solution...
– NOONNN !!!

En réponse au défi...

« Un départ... »
Écrivez un départ...
Quelque soit ce départ, il sera contradictoire par sa concentration d'émotions fortes et par quelque chose de drôle et d'humoristique.
Décrivez cette ambiance qui est en train de se vivre ou la situation après ce départ avec une charge d'émotions et un brin de légèreté. On doit sentir ces deux parties dans votre texte, profonde et aérienne.
Ce défi est sous le signe du paradoxe: partez pour ce texte qui nous fera nous émouvoir et rire.

Rusty

Dans un chenil, au fond de la cour d'un grand restaurant, vivait un couple de chiens. Le mâle, un gros chien-loup, monstrueux, enfermé toute la journée pour être libéré la nuit au cours de laquelle il se devait de monter la garde. La femelle, une superbe Groenendael, avait donné la vie à une petite boule de poils toute noire. Cette adorable maman protégeait, autant que faire se peut, sa progéniture des débordements inquiétants de ce monstre.

Il était urgent de retirer ce chiot pour lui permettre de grandir en toute sérénité. Rapidement, il se montra très affectueux comme s'il était reconnaissant de cette protection qu'on lui apportait avec ma compagne. Nous étions très jeunes, il arrivait donc dans une famille... sans enfant.
Une grande complicité se noua entre ce chien et moi. Il me suivait partout. Pour tout déplacement en voiture, il avait sa place à l'arrière. À pied, la laisse était vite devenue inutile. Sans vouloir mettre en place le moindre dressage, il m'arrivait régulièrement de jouer avec lui, de lui proposer des exercices. Ce chien avait une intelligence hors du commun. Quand il réussissait, la seule récompense était une caresse. Il était content de faire plaisir. J'avais l'impression qu'il souriait. Jamais la moindre agressivité ! Quand je le laissais seul dans la voiture pour entrer dans un magasin, il prenait ma place au volant. Il était admirable et admiré par les passants impressionnés par sa taille et par sa docilité. Il n'aboyait jamais mais pouvait soulever ses babines si un inconnu essayait d'entrer dans le véhicule.

Nous étions bien tous les trois. Et, comme tout couple désireux de fonder une famille, un heureux événement arriva. Un vrai rayon de soleil dans une maison déjà très heureuse. Bien évidemment, la nouvelle venue fut présentée à ce fidèle compagnon. Nous pensions alors que tout allait bien. nous n'avions pas l'impression de le mettre à l'écart. Peut-être un tout petit peu tout de même car il avait de longs poils. Probablement aussi pour d'autres raisons...

Cette superbe petite fille grandit et prit de plus en plus de place dans la maison. Rusty restait plus souvent dans le jardin. Notre fille se mit à marcher. Debout, son visage arrivait à la hauteur de la gueule du chien. De manière surprenante, il y eut un grognement car elle avait voulu lui faire un bisou. Nous ne pouvions pas attendre l'accident après un tel avertissement.
J'adorais ce chien. On avait partagé tellement d'événements ensemble. Ma décision était prise : on devait se séparer de notre chien. Quelques personnes de mon entourage se manifestèrent pour le récupérer. Il n'avait que six ans !

C'était impossible ! Le revoir aurait été trop douloureux ! Il partit donc très loin, à l'autre bout du département. Quelques coups de fil au nouveau propriétaire qui était ravi de son acquisition. Les appels s'espacèrent. La personne me demanda un jour de ne plus rappeler. Il avait raison...

En réponse au défi...   « **Cœur de poils** »
Je vous propose d'écrire un petit texte (500 mots maximum) où vous nous racontez une tragédie romantique... mais animale ! Votre héros ou héroïne devra donc être un animal de votre choix.
En prose ou en vers, à vous de choisir.

Vie de couple

LA journée commence à peine que ce jeune couple est déjà en pleine DISCORDE. C'EST tous les jours la même rengaine.

- Tu ranges LE bol neuf le PLUS haut possible parce que tu es GRAND et moi, je récupère celui qui est ébréché. Je me suis fait MAL à la lèvre hier !
- Tu es la plus malheureuse DU monde ! Cette petite entaille te donne un GENRE...
- Soit un peu HUMAIN s'il te plaît ! ET demain, je mettrai LA table moi-même.
- Quelle TOLÉRANCE ! Dépêche-toi, on va être EN retard ! C'EST pour aujourd'hui ou pour demain ?
- LE premier prêt descend les poubelles ! Tu es le SEUL à pouvoir réaliser cette tâche mon amour.
- T'inquiète, je te promets de trouver un REMÈDE à cette supercherie !

"Citation masquée"

Contraintes:

1 - Inclure la citation de Voltaire dans un texte :
"La discorde est le plus grand mal du genre humain, et la tolérance en est le seul remède."

2 – Tous les mots (18) de la citation seront disséminés dans votre texte en étant bien séparés les uns des autres.

3 – Deux des mots de la citation ne peuvent être consécutifs ou adjacents !

4 – Le nombre de mots (sans ceux du titre) devra être compris impérativement entre 500 et 700 caractères (espaces compris)!

Index des défis

Remerciements

Comme je le reconnaissais dans mon ouvrage précédent, écrire est un acte individuel et très personnel pour le bien-être exclusif de l'auteur avant de devenir une démarche orientée vers les autres en le partageant.

Je commencerai toujours mes remerciements, quel que soit l'écrit que je publierai, en m'adressant à ma propre famille qui m'octroie cette disponibilité indispensable pour écrire, lire les autres écrivains et échanger par des commentaires toujours pertinents au sein de sites d'auteurs.

Un grand merci à Marino qui a accepté d'écrire la préface de ce livre. Elle fait partie des fidèles lectriceslecteurs qui, par leur présence de tous les moments, favorisent et stimulent l'envie de poursuivre.

Un merci spécial à Jocelyne B. qui spontanément passe au crible mes textes à la recherche de la moindre coquille. Sa présence sur le site Scribay est une sécurité devenue indispensable. Son assistance fait probablement défaut dans mes premiers écrits.

Un grand merci aux membres de Scribay et tout particulièrement à ceux qui, par leur soutien, me permettent d'avancer. Merci à Clo06, CM LE GUELLAFF, Dolhel, Kiel Kinimo, La sauterelle, Marie-Christine Sudre, jelitou, Marie No Roque, MONTSE, Natacha Félix, Sly King, Valerie MUSSET, A. Timonier, Alexis Le Merrer, arcensky, Jb Desplanches, Jean-Michel Palacios, lessinfoins, Nog Lhuisne, Oncle Dan, Patrice Lucquiaud, tizef.

Un merci aux membres de Short-Edition qui m'ont encouragé quand j'écrivais mes premières lignes. Si j'ai déserté ce site, j'y retourne régulièrement pour échanger quelques mots avec ceux qui m'ont tant aidé et que je n'ai pas oubliés.

Mes pensées vont naturellement à Brocéliande, Christiane Tuffery, Emmanuelle, Fred Panassac, Johanna Desbarats, Katy Bou, Sauvagère, Virgo34, Bruno63, Jean-Pierre Basile et Polopoil.

Sommaire

:

Éditeur :
BoD-Books on Demand
12/14 rond point des Champs Élysées
75008 Paris, France
Impression :
BoD-Books on Demand, Norderstedt, Allemagne
ISBN : 978-2-322-13255-3
Dépôt légal : décembre 2016